The piece of time

氷菓

一

HYOKA
by Honobu YONEZAWA

이 도서의 국립중앙도서관 출판시도서목록(CIP)은
e-CIP 홈페이지(http://www.nl.go.kr/ecip)와
국가자료공동목록시스템(http://www.nl.go.kr/kolisnet)에서 이용하실 수 있습니다.
(CIP제어번호: CIP2013019349)

요네자와 호노부 지음

권영주 옮김

빙과

The piece of time

엘릭시르

The piece of time

氷菓

1
바라나시에서 온 편지

오레키 호타로에게

전략

바라나시에 있어. 일본에서는 보통 베나레스라고 하는데, 바라나시가 이쪽 발음에 더 가까운 것 같아.

호타로, 여기는 굉장한 곳이야. 뭐니 뭐니 해도 장례식의 도시거든. 장례식을 얼마나 많이 하는지. 모르긴 몰라도 여기서 죽으면 천국에 갈 수 있다나 봐. 아니, 그게 아니던가? 맞다, 윤회에서 벗어날 수 있대. 그러니까 뭐냐, 신선이 되는 거랑 같은 효과가 있는 거지. 중국에선 유구한 수행이 필요한 탈출이 여기선 그냥 죽기만 하면 되는 거야.

중국 사람들도 안됐어.

좀 늦었지만 고등학교 합격한 거 축하해. 결국 가미야마神山 고등학교로 갔구나. 재미없는 선택이긴 하지만 아무튼 축하한다.

무사히 고등학생이 된 너한테 누나로서 충고 하나 해 줄게.

고전부에 들어가.

고전부는 가미 고의 전통 있는 문예계 동아리야. 네가 아는지 모르겠는데, 내가 속해 있던 동아리이기도 하고.

듣자 하니 전통 있는 우리 고전부가 삼 년 연속으로 신입 부원이 없어서 현재 부원 수는 제로. 올해도 신입 부원이 없으면 자동적으로 없어질 거라지 뭐야. 고전부 동문으로서 그건 차마 용납할 수 없는 일이야.

하지만 사월 중으로 누가 들어오기만 하면 이야기는 다르거든. 호타로, 누나의 청춘이 깃든 고전부를 지켜 줘. 일단 적만 둬도 되니까.

게다가 그렇게 나쁜 동아리도 아니야. 뭐니 뭐니 해도 가을에 좋지.

어차피 하고 싶은 일도 없잖아?

뉴델리에 도착하면 전화할게.

이만 총총.

오레키 도모에

2
전통 있는 고전부의 재생

고교 생활 하면 장밋빛, 장밋빛 하면 고교 생활. 이렇게 호응 관계가 성립된다. 서기 2000년, 현재는 아직 이루어지지 않았지만 국어사전에 등재될 날도 머지않았다.

그러나 그렇다고 모든 고등학생이 장밋빛을 희망한다는 뜻은 아니다. 예컨대 공부도, 스포츠도, 연애도, 좌우지간 온갖 활력과 활동에 관심을 보이지 않고 회색을 선호하는 인간도 있거니와, 심지어 내가 아는 범위 내에서조차 그런 인간은 적지 않다. 하지만 그거, 꽤나 쓸쓸한 인생이다.

날 저무는 교실에서 오랜 친구인 후쿠베 사토시에게 그런 의미의 이야기를 했다. 그러자 사토시는 늘 얼굴에 달고 사는 미소를 그대로 유지한 채 말했다.

"그래, 나도 그렇게 생각해. 그나저나 호타로 너한테 자학 취미가 있는 줄 몰랐는걸."

아니, 이거 서운하다. 나는 항의했다.

"내가 회색이라고?"

"내가 그렇게 말했던가? 하지만 공부도, 스포츠도, 그리고 또 뭐랬지? 연애? 네가 그런 데 적극적인 것 같진 않은데."

"소극적이진 않다."

"그래, 그러시겠지."

사토시의 미소가 더욱 뚜렷해졌다.

"넌 그냥 '에너지 절약주의자'일 뿐이잖아."

나는 콧바람을 불어 긍정의 뜻을 나타냈다. 알면 됐다. 나는 특별히 활력을 싫어하는 것은 아니다. 그저 귀찮고 낭비라는 생각밖에 안 드는 일에 관심이 없을 뿐이다. 따라서 지구 환경을 생각하는 에너지 절약이 내 스타일이다. 표어는 이것이다.

"안 해도 되는 일은 안 한다. 해야 하는 일은 간략하게, 라고."

내가 좌우명을 피력할 때마다 늘 그러는 것처럼 사토시는 구제불능이라는 듯 어깨를 으쓱했다.

“에너지 절약이든 염세든 상관없어. 어차피 그게 그거잖냐. 도구주의라고 알아?”

“글쎄다.”

“요컨대 이거지. 이렇다 할 취미도 없고 이 다채로운 특활의 전당 가미야마 고등학교에서 동아리에 들어가지도 않은 호타로 넌, 결과만 보면 회색 그 자체라는 소리야.”

나는 살짝 하품했다.

“그럼 뭐냐. 살인은 업무상 과실 치사하고 똑같은 건가?”

사토시는 조금도 주저하지 않고 대답했다.

“어떤 면에선 그렇지. 시체가 아아, 난 업무상 과실 치사로 죽었구나, 하고 납득하고 성불한다면 또 몰라도.”

“…….”

하여간 주둥이만 산 녀석이다. 나는 새삼 눈앞에 있는 녀석을 보았다. 후쿠베 사토시. 내 오랜 친구이자 호적수, 그리고 원수다. 남자치고 키가 작은 사토시는 고등학생이 된 지금도 멀리서 보면 여자로 착각할 만큼 비리비리하지만 속 알맹이는 다르다. 어떻게 다른지는 설명하기 쉽지 않지만 아무튼 다르다. 눈과 입에 늘 머금고 있는 미소와 언제나 들고 다니는 끈 달린 주머니, 그리고 얄미운 주둥이가 트레이드 마크다. 특별 활동 동아리는 수예부. 왜 수예부인지는 모른다.

이 녀석과 말로 싸워 봤자 낭비도 그런 낭비가 없다. 나는 이야기가 끝났음을 알리듯 손을 팔랑팔랑 내저었다.

"됐으니까 얼른 집에 가라."

"그러게. 오늘은 동아리에 갈 마음도 안 나고…… 진짜 집에나 갈까."

사토시는 일어나려다가 불현듯 깨달은 것처럼 나를 보았다.

"가라고? 네가 웬일이야?"

"뭐가?"

"넌 보통 남더러 집에 가라고 하기 전에 네가 먼저 가잖아. 무소속인 네가 방과 후에 무슨 볼일이라도 있는 거야?"

"그래."

나는 미간을 찌푸리며 검정 교복 오른쪽 주머니에서 종이 한 장을 꺼냈다. 말없이 내민 종이를 보고 사토시가 경악해 눈을 크게 떴다. 아니, 과장된 표현이 아니다. 딱히 진심으로 놀란 것도 아니면서 사토시는 정말 눈을 크게 떴다. 사토시가 이따금 보이는 오버액션은 몇몇 지인들에게 유명하다.

"아니, 이건! 설마 그럴 리가!"

"사토시, 너무 무례한 거 아니냐?"

"동아리 가입 신청서잖아. 세상에, 갑자기 웬 심경의 변화셔? 호타로 네가 동아리에 다 들다니."

아닌 게 아니라 이것은 동아리 가입 신청서다. 가입 희망 동아리 칸을 보고 사토시가 눈살을 찌푸렸다.

"고전부……?"

"아냐?"

"그야 물론이지. 하지만 왜 고전부? 갑자기 국문학에 눈뜨기라도 한 거야?"

자, 이걸 어떻게 설명할까. 나는 무의식중에 머리를 긁적였다. 그러고는 왼쪽 주머니에서 또 다른 종이를 꺼냈다. 쓴 사람과 전혀 어울리지 않게 유려한 필체로 쓰인 편지다. 그것을 사토시에게 건넸다.

"읽어 봐라."

사토시는 순순히 받아 들어 훑어보았다. 아니나 다를까, 소리 내서 웃었다.

"하하, 호타로, 곤란하게 됐네. 누나 부탁이구나. 그럼 거절 못 하지."

퍽도 좋아한다. 나는 내가 점점 소태 씹는 표정이 되어 가는 것을 자각했다. 오늘 아침 인도에서 날아온 국제 우편은 내 생활 양식에 큰 변화를 요구했다. 늘 이렇다. 오레키 도모에의 편지는 내 생활에 혼란을 가져온다.

— 호타로, 누나의 청춘이 깃든 고전부를 지켜 줘.

봉투를 뜯어 짤막한 편지를 읽은 직후 그 이기적인 내용에 질려 눈이 점이 됐다. 내가 누나의 추억을 지켜 줘야 할 도의적 책임은 없다. 그러나…….

"누나 특기가 뭐랬지? 유술?"

"합기도하고 체포술. 작정하고 나서면 꽤 아프다."

그렇다, 일본을 누비고 다니는 것만으로는 성이 안 차 세계로 뛰쳐나간 우리 누나는 문무를 겸비한 하이퍼 여대생이다. 잘못 건드리면 큰일 난다.

뭐, 없는 긍지를 발휘하면 끝끝내 거역하지 못할 것은 없지만, 구태여 부탁을 들어주지 않을 이유가 없는 것도 사실이다. 하고 싶은 일도 없지 않느냐는 누나의 지적은 완벽하게 정곡을 찔렀다. 동아리에 들어가지 않는 것이나 들어가서 활동을 안 하는 유령 부원으로 있는 것이나 무슨 대단한 차이가 있겠나 싶기도 했다.

"아침에 신청서 내고 왔다."

생각만큼 망설이지도 않았다.

"넌 하여간 모르겠다니까."

사토시는 얼마 동안 누나의 편지를 바라보았다. 내 입에서 한숨이 흘러나왔다.

"뭐, 좋을 건 없을 것 같다만."

"……아니, 그게 그렇지도 않을걸."

사토시가 고개를 들고 묘하게 명랑한 목소리로 말하더니 손바닥으로 편지지를 탁탁 쳤다.

"고전부엔 다른 부원이 없다며? 그럼 고전부 동아리실은 네가 독차지하는 거잖아. 학교에 자기만의 공간이 있다는 거, 그거 꽤 쏠쏠하다."

자기만의 공간?

"……묘한 시점을 들고 나오는군."

"왜, 마음에 안 들어?"

수상찍은 논리다. 요컨대 학교에서 비밀 기지 놀이를 할 수 있다는 이야기다. 그런 생각은 해 보지도 못했다. 사적인 공간. 특별히 노력하면서까지 갖고 싶은 것은 아니지만……. 부록으로 따라오는 것이라면 있어서 나쁠 것은 없을지도. 나는 편지를 돌려받았다.

"뭐, 나쁘지는 않겠지. 어디 한번 가 볼까."

"그게 좋겠어. 뭐든 일단 해 보고 볼 일이야."

뭐든 해 보고 볼 일인가. 이보다 더 나와 어울리지 않는 말도 없겠다고 쓴웃음을 지으며 어깨에 메는 책가방을 홱 잡았다.

좌우명에 대한 충성심 따위 어차피 이 정도다.

육상부인지 어디인지 열린 창문으로 구령 소리가 들려온다.

"……하나! 둘! 셋! 넷!……."

에너지 소비가 큰 삶의 방식에 경례. 곧잘 오해하는데 나는 에너지 절약이 다른 것보다 우월하다고 생각하지는 않는 터라 활력 넘치는 사람들을 업신여기거나 하지는 않는다. 그들의 목소리를 들으며 고전부 동아리실로 향했다.

3층으로 올라가 타일이 깔린 복도를 따라갔다. 커다란 사다리를 짊어진 관리 아저씨가 지나가기에 물어보니 고전부는 특별동 4층에 있는 지학 교실을 빌려 쓴다고 했다.

가미야마 고등학교는 학생 수로나 면적으로나 그렇게 큰 학교는 아니다.

총 학생 수는 아마 천 명을 넘을까 말까 하지 않을까. 이 일대에서는 대학 진학에 중점을 두는 학교로 꼽히지만, 특별히 그에 주력하는 눈치는 없다. 뭐, 그냥 평범한 학교다. 총 학생 수에 비해 보기 드문 특활 동아리(예컨대 수묵화부라든지 아카펠라부, 고전부 등)가 많으며 해마다 학교 축제가 성황이라는 점이 이 지방에서는 유명하지만 그 밖에 다른 특색은 없다.

입지로 말하자면, 부지 내에 큰 건물은 세 동 있다. 일반 교실이 있는 일반동, 특별 교실이 있는 특별동, 그리고 체육관. 이것도 평범하리라. 나머지는 격투기 훈련장과 체육 창고쯤일까. 고전부 동아리실이 있다는 특별동 4층은 가미 고에서도 가장 변방에 속한다.

이동이야말로 낭비라고 생각하며 연결 통로를 지나 4층으로 올라가자 지학 교실을 금세 찾았다. 망설이지 않고 미닫이문을 열려 했더니 문이 꿈쩍도 하지 않았다. 당연하다. 특별교실은 보통 문이 잠겨 있다. 에너지 낭비를 하지 않기 위해 미리 빌려 온 열쇠를 꽂고 돌렸다.

문을 옆으로 밀었다. 아무도 없는 지학 교실. 서향 창문으로 석양이 보였다.

아무도 없는? 아니다. 내 예상이 빗나갔음을 알았다.

저녁노을 물드는 지학 교실, 고전부 동아리실에 먼저 온 사람이 있었다.

교실 창가에서 나를 보고 있었다. 여자였다.

나는 그때까지 청초하다는 단어의 이미지가 도무지 와 닿지 않았는데도, 그 여자를 묘사하려면 청초하다고 하면 된다는 사실을 바로 알 수 있었다. 검은 머리가 등까지 내려오고 세일러복 교복이 잘 어울렸다. 키는 여자치고 큰 편이다. 보아하니 사토시보다 클 듯했다. 여자이고 고등학생이니 여고

생인데, 얇은 입술과 연약할 듯한 가느다란 선은 그보다 여학생이라는 고풍스러운 칭호가 어울릴 것 같았다. 하지만 커다란 눈이 청초함과는 별개로 활발한 인상을 주었다.

내가 모르는 애였다.

그렇건만 그 애는 나를 보더니 미소를 지으며 말했다.

"안녕하세요. 오레키 씨도 고전부셨어요?"

"……넌 누군데?"

나는 솔직하게 물었다. 나는 사교성이 있는 편은 아니다. 하지만 아는 사람의 얼굴을 보고도 못 알아볼 정도로 대인 관계에 빈정하지는 않다고 생각한다. 나는 이 애를 모르는데 어떻게 이 애는 나를 안다는 말인가.

"모르시나요? 지탄다예요. 지탄다 에루요."

지탄다 에루. 이름을 들어도 역시 모르겠다. 그나저나 지탄다라니 흔치 않은 성이고, 에루도 흔치 않은 이름이다. 아무래도 이런 이름을 잊어버릴 것 같지는 않은데.

나는 지탄다라고 이름을 밝힌 여학생을 다시 한번 잘 보고 역시 모르는 사람이라는 것을 확인한 다음 말했다.

"미안하지만 전혀 모르겠다."

그 애는 미소를 지은 채 난처한 듯 고개를 갸웃했다.

"오레키 씨 맞죠? 오레키 호타로 씨. 1학년 B반."

고개를 끄덕였다.

"전 1학년 A반이에요."

지탄다는 이제 알겠죠, 라고 하듯 침묵했다. ……내가 이렇게 기억력이 나빴던가.

아니, 잠깐. 내가 B반이고 이 애가 A반이면 서로 아는 사이인 게 당연한 건가?

같은 학년이라도 반이 다르면 학교에서 교류할 일이 없다. 접촉이 있었다면 특활, 학생회 활동, 아니면 친구를 통해서겠지만 모두 나와는 무관한 이야기다. 전교생이 참석하는 행사도 생각할 수 있겠지만, 입학한 이래로 있었던 전교생 행사로 말하자면 기껏해야 입학식 정도다. 그리고 나는 입학식에서 다른 사람에게 이름을 밝힌 기억이 없다.

아니다. 생각났다. 그래, 수업으로 다른 반과 교류할 기회가 있었다. 시설을 사용하기 때문에 두 개 이상의 반이 합동으로 받는 수업. 체육과 예술 선택 과목이다. 중학교 때는 기술 과목도 있었지만, 어쨌거나 대학 진학 위주의 교육을 표방하는 가미야마 고등학교에는 기술 과목이 없다. 체육은 남녀 따로 한다. 그렇다면.

"혹시 음악 수업을 같이 받냐?"

"네, 맞아요!"

지탄다는 힘차게 고개를 끄덕였다.

내 입으로 그렇게 말해 놓고도 나는 어안이 벙벙했다. 내 있지도 않은 명예를 위해 말해 두는데, 예술 선택 과목 수업은 입학하고 아직 한 번밖에 안 했다. 그러니 얼굴과 이름을 외우는 것은 무리다!

그렇지만 지탄다라는 이 여학생은 그것을 해냈으니 전적으로 불가능한 일은 아니라는 반증이 드러난 셈인데……. 그래도 역시 이 애의 관찰력과 기억력은 무시무시하다.

하지만 우연이라는 것도 존재한다. 예컨대 같은 신문을 읽고도 파악하는 내용은 사람마다 제법 다르다는 사실을 떠올린 나는 태세를 바로잡았다.

"그래서 지탄다는 여기 지학 교실에 무슨 일로 왔는데?"

그렇게 묻자 바로 대답이 돌아왔다.

"고전부에 들었거든요. 인사드리러 온 거예요."

고전부에 들었다. 신입 부원.

그 순간 내 기분이 어땠을지 한번 생각해 보라. 이 여학생이 들어오면 나만의 공간은 사라지고 누나에 대한 의리는 지킨 셈이 된다. 내가 고전부에 들어갈 이유가 없어진 것이다. 나는 속으로 한숨을 쉬었다. ……어이구야, 헛수고였다. 그런데 헛수고로 끝내기 싫은 마음이 있었나 보다.

"어쩌다 고전부에?"

이런 동아리에 뭐하러 드느냐는 뉘앙스가 들어 있었는지도 모른다. 그러나 이 애에게는 씨도 먹히지 않았다.

"아, 네, 개인적인 사유가 있어서요."

게다가 얼버무리기까지 했다. 의외로 호락호락하지 않은 상대인지도 모르겠다.

"오레키 씨는요?"

"나?"

음, 곤란하게 됐다. 어떻게 설명하면 좋을까. 명령 때문이라고 한들 이해할 리 없다. 아니 잠깐, 생각해 보니 이해를 얻을 필요가 없잖아. 그런 생각을 하는데…….

별안간 문이 열리더니 고함이 들려왔다.

"너희, 거기서 뭘 하는 거냐!"

교사가 서 있었다. 방과 후 순찰을 도는 중인가 보다. 체격이 다부지고 검게 탄 피부를 보건대 체육 교사 같다. 죽도를 들지는 않았지만 들 수만 있다면 들고 싶어 할 것 같다. 중년도 한참 지난 것 같은데 위세가 좋기도 하다.

느닷없는 호통에 지탄다는 몸을 움찔하고 얼어붙었으나 금세 온화한 미소를 되찾았다. 그러더니 인사했다.

"안녕하세요, 모리시타 선생님."

머리를 숙이는 속도, 각도 할 것 없이 완벽한 인사다. 예의를 갖추면서도 분위기를 분간하지 못하는 지탄다의 태도에 그만 슬며시 웃음이 났다. 모리시타라고 불린 교사는 초장에 기세가 꺾이는 바람에 순간 말문이 막힌 듯했으나, 금세 큰 목소리를 되찾았다.

"문이 안 잠겨 있어서 이게 웬일인가 싶었더니만, 멋대로 교실에 숨어들어서 무슨 짓을 하는 거냐. 몇 학년 몇 반, 이름이 뭐냐."

……흠, '멋대로'란 말이지.

"1학년 B반 오레키 호타로입니다. 그런데 선생님, 여기는 고전부 동아리실인데 고전부 부원이 쓰면 안 되는 건가요?"

"고전부……?"

노골적으로 의심스러운 어투다.

"고전부는 폐부됐을 텐데."

"글쎄요. 적어도 오늘 아침엔 그런 말씀 없으시던데요. 뭐하면 지도 교사 선생님께……."

"오이데 선생님이세요."

"네, 오이데 선생님께 확인해 보셔도 됩니다."

적절한 설명에 적절한 지원이다. 모리시타 선생님의 목소리 크기가 급격히 줄어들었다.

"그러냐. 그럼 제대로 활동을 하든지."

"저희 오늘 처음 만난 거라서요."

"이따 가기 전에 열쇠 반환해라."

"네, 압니다."

모리시타 선생님은 다시 한번 우리를 노려보고는 거칠게 문을 닫았다. 그 소리에 지탄다는 또다시 움찔했으나 이윽고 중얼거렸다.

"목소리가……."

"응?"

"목소리가 큰 선생님이시네요."

나는 웃었다.

자, 그럼.

이제 볼일은 없지?

"그럼 인사도 했으니 이만 가 볼까."

"네? 활동은 안 하고요?"

"내가 간다는 소린데."

나는 별로 든 것도 없는 책가방을 고쳐 메고 지탄다에게 등을 돌렸다.

"문단속 부탁한다. 아까 그 선생님한테 야단맞으면 재미없으니까."

"네?"

나는 복도로 나왔다.

아니, 나오려다가 지탄다의 날카로운 목소리에 붙들렸다.

"잠깐만요!"

뒤를 돌아보자 지탄다는 말도 안 되는 소리를 들은 양 어리둥절한 표정이었다.

"전 문단속 못 하는데요."

"왜?"

"열쇠가 없으니까요."

아, 그래. 열쇠는 내가 갖고 있다. 여벌 열쇠가 그렇게 몇 개씩 있을 리 없다. 나는 주머니에서 열쇠를 꺼내 손가락에 걸었다.

"야, 여기…… 미안, 지탄다한테 맡기마."

지탄다는 대답하지 않았다. 내 손가락 끝에서 달랑달랑 흔들리는 열쇠를 물끄러미 보더니 이윽고 고개를 갸웃했다.

"어째서 오레키 씨가 그걸 갖고 계시죠?"

무슨 그런 멍청한 질문을.

"열쇠가 있어야 문이 잠긴 교실에 들어갈 수 있으니까. 음? 그러고 보니 야…… 미안, 지탄다는 어떻게 들어왔냐?"

"문이 잠겨 있지 않았으니까요. 누가 계실 것 같아서 열쇠를 빌려 오지 않았어요."

그렇군. 고전부에 부원이 없다는 정보는 졸업한 동문에게 편지를 받지 않는 한 알 수 없는 모양이다.

"그래? 내가 왔을 땐 잠겨 있었는데."

무심코 그렇게 말한 게 탈이었다. 그 한마디에 지탄다의 눈빛이 달라졌다. 똑바로 바라보는 강한 시선. 기분 탓인지 동공까지 커진 것 같다. 지탄다는 주춤하는 나를 아랑곳하지 않고 천천히 물었다.

"잠겨 있었다니, 오레키 씨가 들어왔을 때 저 문이 말인가요?"

나는 청초한 여학생의 변모에 당황하며 고개를 끄덕였다. 지탄다는 의식적인 행동인지 무의식적인 행동인지 한 발짝 앞으로 슥 나섰다.

"그 말은 제가 갇혀 있었다는 뜻이네요."

야구부의 상쾌한 노크 소리가 여기까지 들려온다. 나는 이제 이 교실에 볼일이 없지만 지탄다는 잠시 대화를 즐기고 싶은 모양이다. 나는 나직이 한숨을 쉬고 타협을 택해 책가방을 멘 채 가까운 책상에 걸터앉았다.

갇혀 있었다. 지탄다는 그렇게 말했다. 과연 그럴까. 나는 잠시 생각해 보았다. 열쇠는 내가 갖고 있었고 지탄다는 안에 있었다. 그리고 나는 문을 잠근 기억이 없다. 그렇다면 문제는 간단하다.

"네가 잠갔겠지, 안에서."

그러나 지탄다는 고개를 가로저어 명확히 부정했다.

"그런 적 없어요."

"열쇠는 여기 있잖아? 너 말고 누가 문을 잠글 수 있다는 거냐."

"……."

"뭐, 사람이 깜박할 수도 있지."

그러나 지탄다는 내 해석에 반응을 보이지 않고 느닷없이 손을 들어 내 뒤를 가리켰다.

"그런데 저분은 친구분이신가요?"

뒤를 돌아보자 문이 살짝 열려 있고 그 틈으로 검정 교복이 보였다. 교복 주인과 내 시선이 딱 마주쳤다. 늘 웃고 있는 듯한 갈색이 감도는 눈을 본 적이 있다. 나는 그 순간 소리쳤다.

"사토시! 남의 말을 엿듣다니 취미가 고약해졌군!"

문이 열렸다. 예상대로 후쿠베 사토시였다. 녀석은 겸연쩍어하는 눈치도 없이 뻔뻔하게 말했다.

"하하, 미안. 엿들을 생각은 없었어."

"생각이 아니라 결과가 진실 아니었던가?"

"그렇지만 말이지, 목석같은 호타로 네가 저녁노을 물드는 학교의 특별 교실에서 여자애랑 마주 보고 있으면 나 아닌 누구라도 들어오기를 망설일걸. 남의 연애를 방해하다가 걷어차이긴 싫거든."

뭔 헛소리인지.

"너 집에 간 거 아니었냐?"

"그러려고 했는데 밑에서 올려다보니까 네가 여자애하고 같이 있는 게 보이잖아. 이 몸도 엿보기만은 아직 경험해 본 적이 없다고."

나는 사토시에게서 시선을 돌리는 것으로 그 말을 무시했다. 이건 이 녀석식의 농담이다. 그렇지만 워낙 태연하게 말하기 때문에 사토시의 말투에 익숙지 않은 사람은 녀석의 말을 곧잘 진담으로 받아들인다.

보아하니 지탄다도 그쪽 부류인 모양이다.

"어, 아니, 저는……."

조금 전의 침착한 태도는 어디로 가고 웃음이 날 정도로 쩔쩔맨다. 이 애는 보기와는 달리 감정 표현이 솔직한 것 같다. 어쩔 줄 몰라 하며 무슨 말을 하려다가 말문이 막히는 모습은, 저는 지금 당황했어요, 하고 온몸으로 호소하는 듯하다.

구경하기는 재미있지만 그냥 내버려 둘 수도 없는 노릇이다.

다행히 사토시의 농담을 폭로하기는 간단하다. 한마디만 물으면 된다.

"진담으로 하는 말이냐?"

"아무리, 농담이야."

지탄다가 긴장을 푸는 것을 알 수 있었다. 사토시의 좌우명은 '농담은 그 자리에서 끝내는 게 제일이다. 화근을 남기면 거짓말이 된다'이다.

"……오레키 씨, 이분은 누구신가요?"

그녀에게는 다소 벅찼을 농담이 있은 다음이라 그런지 지탄다는 경계심을 내비치며 물었다. 사토시를 소개하는 데 많은 말은 필요 없다. 나는 간략하게 대답했다.

"이 녀석? 후쿠베 사토시. 가짜 풍류인이지."

"가짜?"

더할 나위 없이 적절한 소개에 사토시도 기분이 좋은 듯했다.

"하하, 호타로, 소개 한번 그럴싸한걸. 안녕, 음, 이름이?"

"지탄다예요. 지탄다 에루요."

지탄다의 이름을 듣고 사토시가 뜻밖의 반응을 보였다. 웬일로 말문이 막힌 것이다. 걸어 다니는 청산유수라 할 사토시가 말을 잇지 못하는 모습을 처음 보았다.

"지, 지탄다? 지탄다라니 그 지탄다?"

"아, 예, 어느 지탄다인지는 모르겠지만 가미야마에 지탄다란 성을 쓰는 집은 저희 친족밖에 없다고 들었어요."

"그럼 역시 맞는구나. 이거 놀랐는걸."

사토시는 진심으로 놀란 듯했다. 나는 사토시가 놀란 것이 놀라웠다. 이 녀석이 어떤 일에 이 정도로 신선한 놀라움을 보이는 인간이 아니라는 것을 알기 때문이다. 그러나 그런 사토시를 놀라게 한 것이 무엇인지 나는 도무지 알 수 없었다.

"야, 사토시. 무슨 이야기냐?"

"무슨 이야기냐고! 이거 뜻밖인걸, 호타로. 네 지식이 다소 부족하다는 건 알고 있었지만 그래도 지탄다란 성씀은 들어 봤을 거 아냐?"

이번에는 실로 개탄을 금치 못할 일이라는 양 과장되게 고개를 내젓는다. 말하나 마나 이 태도는 사토시의 익살이다. 사토시의 쓸모없는 지식이 얼마나 심원한지 잘 아는 터라 모른다는 것이 불쾌하지도, 창피하지도 않았다.

"지탄다의 집이 어떤데?"

사토시는 만족스레 고개를 끄덕이고 해설을 시작했다.

"가미야마에 구가舊家, 명가名家는 적지 않지만 자릿수 올라가는 4대 명가라 하면 그쪽 방면에선 유명하거든. 아레쿠스

신사의 주몬지十文字가, 서점 사루스베리百日紅가, 호농 지탄다千反田가, 산 임자 만닌바시萬人橋가, 이렇게 넷. 숫자가 한 자리씩 올라가니까 자릿수 올라가는 4대 명가. 이 네 집안에 맞설 수 있는 집이라면 병원장 이리스가 아니면 교육계의 중진 도가이토가 정도일걸."

너무나도 수상쩍은 이야기에 아연했다.

"4대 명가? 사토시, 그거 어디까지 사실이냐?"

"무슨 그런 실례되는 말을. 전부 사실이라고. 내가 언제 거짓말하디?"

사토시가 사실이라고 할 때는 대개 사실이다. 그러나 요즘 세상에 명가라니. 기분 나빠 하는 표정조차 연기 같은 사토시를 당사자인 지탄다가 거들었다.

"네, 저도 전부 들어 본 이름이에요. 명가인지 아닌지는 모르지만."

"에이, 아무리."

"하지만 자릿수 올라가는 4대 명가라는 표현은 처음 들었어요."

사납게 노려보자 사토시는 어깨를 으쓱했다.

"거짓말은 안 했어."

"네가 지어냈군?"

"가끔은 제창자가 되고 싶을 때도 있다고."

사토시는 이 이야기는 여기서 끝이라는 듯 가볍게 손뼉을 짝 쳤다.

"자, 그건 그렇고 호타로, 무슨 문제라도 있었어?"

그래, 너라면 궁금해할 줄 알았다. 얼버무렸다가는 되레 오래 끌 뿐이라는 것을 알고 있었으므로 나는 간단하게 사정을 설명했다.

어두워졌네요, 하며 지탄다가 교실 불을 켰다.

사토시가 팔짱을 끼며 말했다.

"흠, 그거 이상하네."

"어디가? 지탄다가 잠가 놓고 잊어버렸다는 해석으로 충분하잖냐."

"아니, 아주 이상한 이야기야."

사토시는 팔짱을 낀 채 잠시 뜸을 들였다.

"요새는 학교에 높은 수준의 관리 감독을 요구하기 때문에 가미 고도 교실 관리에 꽤 까다로운 편이라고. 조금만 눈여겨보면 금세 알 텐데, 가미 고의 문은 전부 열쇠가 있어야 안에서 열거나 잠글 수 있게 돼 있거든. 학생이 안에서 문 잠그고 수상한 짓을 못 하게 하려는 거지."

사토시가 의기양양하게 한 이야기에 나는 의문을 품었다. 사토시가 갖고 있는 무의미한 지식의 양과 그것을 뒷받침하는 무질서한 근면함은 알고 있지만, 입학한 지 한 달도 안 된 학교의 사정을 너무 자세하게 아는 게 아닌가?

"어떻게 그런 것까지 아는 거냐?"

"그냥. 지난주에 작은 실험을 하나 해 볼까 해서 말이지. 숨어드는 것까지는 가능했는데 안에서 문을 잠글 수 있는 교실이 없어서 난처했거든."

"그거 아냐? 네가 하려고 했던 짓이 바로 학교 측에서 장려하지 않는 '수상한 짓'일 거다."

"그런가? 그럴지도."

"그렇고말고."

나는 웃었다. 사토시도 웃었다. 우리 사이에 오간 메마른 웃음에 지탄다가 슬그머니 뒷걸음친 듯했다. 침묵이 흘렀다. 헛기침으로 그것을 깼다.

"어쨌든 무슨 착오가 있었겠지. 어두워지는데 난 이만 가련다."

나는 일어서려 했다.

뒤에서 누가 어깨를 꽉 눌렀다. 어느새 지탄다가 내가 걸터앉아 있던 책상 뒤로 돌아와 있었다.

"잠깐만요."

"뭐, 뭐가?"

"신경 쓰여요."

나는 생각보다 가까이 있는 지탄다의 얼굴에 주춤했다.

"아니, 그러니까……."

"전 왜 갇혔을까요? 만약 갇힌 게 아니라면 어떻게 이 교실에 들어올 수 있었을까요?"

지탄다의 시선에서 어설픈 대답은 용납하지 않겠다는 기이한 박력 같은 게 느껴졌다. 그에 압도되어 얼빠진 목소리가 나왔다.

"그러니까 무슨……."

"착오라면 누가 어떤 착오를 저지른 걸까요?"

"아니, 그건 내가 알 바……."

"저, 신경 쓰여요."

몸을 불쑥 내민다. 나는 그만큼 몸을 뒤로 젖혀야 했다.

처음에 지탄다가 청초하다고 말했는데 턱도 없다. 그건 단순한 첫인상이고, 외모에 대한 묘사일 뿐이다. 나는 깨달았다. 이 애의 본성을 가장 잘 나타내는 것은 눈이다. 전체적인 인상과 어울리지 않게 커다랗고 활발해 보이는 눈. 그 눈이 지탄다 에루의 본성이다. 신경 쓰여요, 이 말 한마디로 자릿

수 올라가는 4대 명가의 따님은 호기심덩어리가 된 듯했다.

"왜 그렇게 됐을까요? 오레키 씨와 후쿠베 씨도 생각해 보세요."

"내가 왜……."

"재미있겠는걸."

사토시가 내 말을 가로막고 승낙했다. 사토시라면 그럴지 모르지만…….

"난 관심 없으니 간다."

그것을 알아서 무슨 소용이 있다는 말인가. 낭비도 그런 낭비가 없다. 나는 안 해도 되는 일은 안 하는 사람이다.

그러나 그런 내 생각을 잘 알고 있을 사토시가 말했다.

"그러지 말고 너도 거들어. 나도 해 볼 만큼 해 보겠지만 데이터베이스는 결론을 내릴 수 없으니 말이지."

"나 참, 어처구니가 없어서. 난……."

사토시가 곁눈을 주었다. 나도 덩달아 지탄다를 흘깃 보았다.

"……헉."

꽉 다문 입술, 치맛자락을 움켜쥔 주먹, 눈을 위로 뜨고 노려보는 듯한 시선. 나는 무의식중에 반 발짝 물러났다. 박력만 보자면 누나 못지않다. 사토시는 경고해 준 것이다. 다치기 싫으면 맞춰 주는 게 좋을 것 같다고.

나는 지탄다와 사토시를 번갈아 보았다. 사토시가 고개를 살짝 끄덕하기에 순순히 경고를 따르기로 했다. 안 그러면 무슨 불행을 당할 것 같다.

"……그러게, 재미있군. 한번 생각해 볼까."

다소 교과서 읽는 듯한 말투였던 것은 어쩔 수 없다. 그래도 지탄다의 입가는 누그러졌다.

"오레키 씨, 뭐 짚이시는 데라도 있나요?"

"조금만 시간을 줘. 호타로는 움직이기 귀찮아해서 먼저 생각부터 하는 소극적인 녀석이거든. 일단 생각하기 시작하면 그런대로 믿을 만해."

시끄럽다. 몸을 쓰면 적극적이냐.

나는 생각해 보았다.

지탄다가 교실에 들어왔을 때 문은 잠겨 있지 않았다. 그리고 내가 왔을 때는 분명히 잠겨 있었다.

사토시의 말을 믿자면 지탄다는 그 어떤 착오가 있어도 안에서 문을 잠글 수 없다. 그러나 의도적으로 한 일이 아니라 지탄다 모르게 벌어진 일이라면 어떨까. 예컨대 지탄다가 들어올 때 문이 반쯤 잠긴 상태였고 들어온 뒤 용수철 같은 것의 작용으로 저절로 문이 잠겼다든지.

나는 그렇게 설명해 보았다. 지탄다는 고개를 살짝 갸웃했을 뿐 판단을 유보했으나 사토시는 업신여기는 투로 말했다.

"그건 무리야, 호타로. 우리 학교 문은 잠금장치가 그렇게 어중간한 상태면 열쇠가 안 빠지게 돼 있거든."

그렇습니까.

그렇다면 역시 누가 문을 잠갔다고 생각할 수밖에 없다. 나는 물었다.

"이 교실에 들어온 게 언제쯤이었는지 기억나냐?"

지탄다는 잠시 생각하더니 대답했다.

"오레키 씨 오기 조금 전에요. 삼 분쯤 전이었을 거예요."

삼 분. 너무 짧다. 시간이 부족하다. 이 지학 교실은 가미고에서도 가장 변방인데.

아무래도 보기보다 성가신 문제 같다. 그런 생각을 하는데 옆에서 지탄다가 괴상한 소리를 질렀다.

"아!"

"지탄다, 왜?"

사토시가 물었다.

"그렇군요. 생각해 보니 누가 문을 잠갔는지 바로 알 수 있는데요."

"그래? 누군데?"

지탄다는 얼굴에 희색을 띠고 미소를 지었다. 어째 불길한 예감이 든다. 명가의 따님은 아니나 다를까 나를 돌아보더니 말했다.

“오레키 씨예요. 열쇠를 가지고 있으니까요.”

그럴 줄 알았다. 차라리 그렇다고 할까 생각했지만, 그 말을 하기 전에 지탄다가 뒷말을 이었다.

“아, 그렇지만 실제로 그럴 가능성이 있을까요? 오레키 씨라는 여기 이분은 믿을 만한 분인가요?”

……그게 본인 앞에서 할 말인가. 내가 아무 말도 못 하고 있자 사토시가 웃으며 말했다.

“믿을 수 있는지 없는지는 모르겠지만, 호타로는 지탄다를 가둬 놓고 즐기는 취미는 없을걸. 그래서 얻을 게 뭐가 있다고.”

바로 그거다. 잘 아는군. 나는 얻을 게 없는 일은 하지 않는다.

그러니 문을 잠근 사람은 내가 아니다.

그렇다면……?

도통 모르겠다. 머리를 가볍게 긁적였다.

그래, 단서라도 있어야지. 나는 왜 그런지 변명이라도 하는 듯한 양심의 가책을 느끼며 주장했다.

"이거야 원, 안 되겠다. 무슨 단서는 없냐?"

"단서요? 어떤 게 단서가 되는데요?"

지탄다의 직설적인 반문에 말문이 막혔다.

"단서는 단서가 되는 걸 말하지."

사토시가 해도 너무한 설명을 보충해 주었다.

"평소랑 다른 점 말이야. 지탄다, 보통 때랑 뭐 다른 거 없었어?"

"음, 그러고 보니……."

뭔가 있는 건가. 나는 별로 기대하지 않았는데 지탄다는 지하 교실을 천천히 둘러본 뒤 시선을 떨어뜨리더니 조용히 말했다.

"아까부터 발밑에서 달그락달그락 소리가 나는데요."

소리?

소리가 나나? 나는 모르겠는데.

그렇지만 만약 난다면.

……그런가. 어쩐지 알 것 같다. 사토시가 내 표정을 보더니 말했다.

"호타로, 알았구나?"

나는 말없이 책가방을 들었다.

"어, 어디 가시는 거예요, 오레키 씨?"

"현장 재구성하러. 재수가 좋으면 볼 수 있을 거다."

지탄다가 서둘러 따라오는 것을 알 수 있었다. 사토시도 그 뒤를 이을 것이다.

모든 것이 끝나고 교문 밖으로 나왔을 때는 이미 꽤 늦은 시간이었다. 야구부가 운동장을 갈퀴로 고르는 모습이 보였다. 방금 전 인사하고 헤어졌을 지탄다와 사토시가 어째선지 나와 함께 걷고 있다. 아니, 두 사람이 따라와서 그렇다.

지탄다가 옆으로 다가왔다.

"이제 말씀해 주세요. 어떻게 아신 거죠?"

뒤에서 사토시도 말했다.

"그래, 호타로. 우리 사이에 비밀은 없기다?"

징그러운 소리 마라. 나는 뒤도 돌아보지 않고 대꾸했다.

"딱히 비밀일 것도 없어. 너무 간단해서 말할 마음도 안 드는 거다."

"오레키 씨한테는 간단해도 전 모르겠는걸요."

지탄다가 입술을 삐죽 내밀었다. ……설명하기 귀찮지만 얼버무리는 것도 수고스러울 것 같다. 나는 책가방을 고쳐 메고 어디서부터 이야기할지 궁리했다.

"그러게. 지탄다를 가두는 데 사용된 게 마스터키라는 건 알겠지?"

"네? 왜 그렇게 되죠?"

매우 당연한 결론을 이야기한 것인데 지탄다는 놀란 목소리였다. 보아하니 여기서부터 시작해야 할 듯했다.

"지학 교실이 건물 외곽에 있기 때문이야. 누가 교무실에서 열쇠를 빌려 널 가두고 도로 갖다 놔. 내가 그 열쇠를 빌려 지학 교실까지 가서 문을 열어. 삼 분으로는 불가능해."

"아하, 그렇다면 다른 열쇠가 있어야 하는데 빌려 주는 열쇠는 하나뿐이야. 그래서 마스터키란 말이구나?"

그래, 맞다. 그리고 학생은 보통 마스터키를 쓸 수 없다. 그렇다면 진상이 저절로 보인다.

그리고 또 하나, 사태를 짐작하게 하는 결정적인 정보가 있다.

"그다음, 지탄다, 바닥에서 소리가 난다고 했지?"

"네."

"4층 교실 바닥에서 소리가 나는 건, 보통 왜 그럴 것 같냐?"

사토시가 묘하게 느긋한 목소리로 대답했다.

"그렇군. 3층 천장을 손보고 있었던 거야."

"그래. 그래서 누가 마스터키를 쓴 건지 알 수 있었던 거다."

방과 후 교실에서 천장을, 천장에 붙은 뭔가를 손보는 사람. 그것은…….

"그래도 용케 알아차리셨네요, 관리 아저씨라는 걸……."

지탄다가 연신 고개를 끄덕였다.

3층에서 우리가 본 것은 커다란 사다리를 짊어진 관리 아저씨였다. 그는 교실에서 나오더니 사다리를 내려놓고 주머니에서 열쇠를 꺼냈다. 그러고는 우리가 보는 앞에서 3층의 교실 문 몇 개를 잠갔다. 즉, 그는 이렇게 한 것이었다. 교실 문을 열쇠로 열고 들어가 작업한다. 작업이 끝나면 다음 교실로 이동해 같은 일을 반복한다. 작업이 전부 끝나면 잠겨 있지 않은 교실 문을 잠그고 다닌다. 만약 그중 한 교실에 우연히 타이밍 나쁘게 들어간 학생이 있다면 그 학생은 안에 갇혔을 것이다. ……지탄다가 그랬던 것처럼.

관리 아저씨의 작업이 구체적으로 무엇이었는지 그것까지는 모르겠다. 그가 여러 교실을 돌고 있고 사다리 말고는 큰 짐이 없었다는 데서 형광등 램프 교체가 아니리라는 것은 짐작할 수 있지만. 스타터 교체나 화재 탐지기 점검쯤이 아닐까. 뭐, 그 부분은 몰라도 상관없다. 지탄다가 묻지 않기 때문이다.

해결 끝.

"그거 봐, 일단 생각하기 시작하면 그런대로 믿을 만하다고 했지?"

"그러네요. 놀랐어요."

그렇게 대단한 일을 한 것 같지는 않은데. 열쇠 관리 시스템을 알고 있었던 사람은 사토시고, 아래층에서 들려오는 소리를 알아차린 사람은 지탄다다. 나는 모른 척 잡아떼고 빠질 작정이다. 뭐, 됐다. 이 녀석들이 나를 어떻게 생각하건 알 바 아니다. 아무튼 덕분에 귀찮았다. 표현력 풍부한 눈동자에 감탄의 빛을 띤 지탄다의 옆얼굴을 보다 보니 한마디 하고 싶어졌다.

"그나저나 안에 있었으면서 지탄다가 왜 문 잠그는 소리를 못 들었는지, 그것만은 나도 모르겠다만."

그러나 지탄다는 그것을 비꼬는 말로 받아들이지 않은 모양이다.

"그건 설명할 수 있어요. 창밖을…… 저 건물을 보고 있었거든요."

생긋 미소를 지으며 옆 건물을 가리켰다. 가미야마 고등학교의 시설 중 하나인 격투기 훈련장이다. 오랜 세월 비바람에 찌들어 여기저기 썩은 낡은 목조 건물이다. 나도 지탄다를 본받아 솔직하게 의견을 말했다.

"그렇게 넋 놓고 볼 만한 데가 있는 것 같진 않은데."

"아뇨, 저 건물에는 이상한 점이 있어요."

"그래?"

내 눈에는 그 이상한 점이 보이지 않는데, 뒤에서 사토시가 "진짜 그러네" 하고 중얼거렸다.

"낡았는걸. 엄청."

그런가? 그런지도 모른다. 하지만 건물이 낡았다고 푹 빠져 바라보다니, 풍류 넘친다고 할지, 태평하다고 할지, 나는 도무지 이해되지 않는 행동이다.

이윽고 빨간 신호등 앞에 멈춰 섰다. 하교중인 가미 고 학생 몇 명이 신호등이 바뀌기를 기다리고 있었다.

"그나저나 아직 인사를 못 드렸네요."

지탄다가 느닷없이 말했다.

"인사?"

"네. 앞으로 고전부에서 같이 활동할 테니까요. 잘 부탁드려요."

고전부! 그래, 잊어버리고 있었다. 나는 고전부 동아리실을 보러 간 것이었다. 지탄다가 가입했으니 그도 필요 없게 된 셈인데……. 모든 것은 결과론이다. 가입 신청서는 수리되고 처리되어 서류철에 철해진 뒤다. 가미 고에서는 동아리에 들어가면 한 달이 지나야 탈퇴가 가능하다.

지탄다는 내게 살짝 머리를 숙인 뒤 사토시에게 미소를 지었다.

"후쿠베 씨도 고전부에 들어오지 않으시겠어요?"

사토시는 팔짱을 끼고 생각하는 척하더니 금세 대답했다.

"그럴까, 오늘 재미도 있었겠다. 그래, 들어갈게."

"그럼 후쿠베 씨도 잘 부탁드려요."

"응, 나야말로. ……호타로 너도."

놀리는 듯한 눈빛으로 그렇게 말하는 사토시의 천연덕스러움이란.

신호가 파란불로 바뀌었다. 나는 바로 걸음을 뗐다. 주머니에 손을 넣자 손가락에 편지지가 닿았다. 누나 편지다. 그럼 그렇지. 오레키 도모에에게서 편지가 왔을 때 무슨 일이 생기겠다 싶었다.

누나여, 만족스러운가. 누나의 청춘이 깃든 고전부에 신입부원이 세 명이다. 전통 있는 고전부의 부활. 그리고 십중팔구, 잘 있어라, 나의 안녕과 에너지 절약의 나날이여. 왜냐하면…….

"그러고 보니 부장을 정해야겠네요. 어떻게 할까요?"

"그러게. 호타로는 그런 쪽에는 전혀 안 맞고."

이 녀석들이 내게 에너지 절약을 허락지 않을 테니까. 사토시만이라면 이럭저럭 넘길 수 있겠지만, 문제는…….

눈이 마주쳤다. 지탄다 에루의 커다란 눈이 생긋 웃었다.

문제는 이 아가씨 쪽이라는 것을 나는 막연히 예감하고 있었다.

3
명예로운 고전부의 활동

그러고 보니 고전부란 무엇을 하는 동아리인가. 그것을 아는 학생은 이미 학교에 없다. 교사에게 물어보고 다닐 만큼 궁금한 것도 아니다. 누나에게 물어보면 알겠지만 지금쯤 베이루트에 있을 것이다. 뭐, 활동 목적이 명확하지 않은 것은 흔치 않아도 존재 가치가 명확하지 않은 단체는 쌔고 쌨으니 굳이 신경 쓸 필요도 없는지 모른다.

고전부가 부활한 지 한 달. 동아리실인 지학 교실은 사적 공간까지는 못 돼도 생각보다 마음 편한 장소로서 지위를 확립해 가는 중이었다. 방과 후에 심심하면 그곳으로 간다. 사토시가 있을 수도 있다. 지탄다가 있을 수도 있다. 둘 다 있을 수도 있다. 아무도 없어도 상관없다. 이야기를 나눌 때가 있는가 하면 서로 조용히 입 다물고 있을 때도 있다. 사토시는 원래 침묵이 불편하지 않은 성격이고, 지탄다 아가씨는 호기심만 폭발하지 않으면 겉으로 보이는 인상대로 청초하게 있어 준다는 것을 알았다. 덕분에 의도했던 바는 아니지만 고전부는 특별 활동 동아리라기보다 동호회 같은 분위기였다.

같이 있어서 피곤하지만 않으면 나도 원래 사람을 기피하지는 않는다. 사토시는 여태 그 점을 잘 모르는 것 같다.

부슬비가 내리는 오늘은 나와 지탄다가 있었다. 나는 창가로 의자를 끌어다 놓고 편히 기대앉아 값싼 페이퍼백을 슬렁슬렁 읽고 있었다. 지탄다는 교실 앞쪽에 진 치고 앉아 두꺼운 책을 읽고 있다. 나른한 방과 후 풍경이라고 할까.

불현듯 보니 아까 시계를 본 이래로 벌써 삼십 분이나 지났다. 의식하지 않는 시간은 짧다. 그렇지만 지금 내 상태를 편안하다거나 평온하다고 표현하면 그것은 잘못이다. 긴장과 스트레스가 있기에 편안하고 평온한 상태가 존재할 수 있는 것이다.

침묵 속에 책장 넘기는 소리와 부슬부슬 빗소리만 들려왔다.

"……."

졸린다. 비가 그치면 일찌감치 집에 가자.

그때 책을 탁 덮는 소리가 들렸다. 그에 이어 나를 등지고 앉은 지탄다가 나지막이 말했다.

"불모예요."

돌아보지는 않았어도 명백히 혼잣말이 아니라 내게 한 말이었다. 하지만 나는 그 갑작스러운 발언에 뭐라 답하면 좋을지 알 수 없었으므로 일단 물어보았다.

"일 년에 두 번 심는 거 말이냐?"

"그건 이모작이고요."

지탄다가 명쾌하게 대답하며 돌아보았다.

"같은 작물을 심으면 이기작이라고 해요."

"농가의 딸은 역시 다르군."

"아뇨, 칭찬을 받을 만한 일까지는……."

빗소리. 그리고 침묵.

"아뇨, 그게 아니라요."

"불모라고?"

"네, 불모예요."

"뭐가?"

지탄다는 나를 물끄러미 바라보더니 오른손으로 교실 전체를 가리켰다.

"이 방과 후가요. 목적 없는 하루하루는 생산적이지 못해요."

물론 그냥 심심풀이로 하는 일이 생산적일 리 없다. 나는 페이퍼백을 덮지 않은 채 시선을 들었다.

"지당하신 말씀이다. 그럼 너는 고전부에 바라는 게 있다는 거냐?"

"저요?"

심술궂은 질문이다. 자신이 무엇을 바라는지 아는 사람은 많지 않으니까. 참고로 나는 내가 아무것도 원하지 않는다는 것을 알고 있다.

지탄다는 주저하지 않았다.

"있어요."

"호오."

뜻밖이다. 딱 잘라 긍정할 줄이야. 흥미가 생겨 그게 뭐냐고 물어보려고 했는데 그러기 전에 지탄다가 먼저 입을 열었다.

"하지만 개인적인 사유라 말할 수 없어요."

그렇다면 물어볼 것도 없다.

지탄다가 말을 이었다.

"지금은 고전부 이야기를 하는 거예요. 고전부는 특별 활동이니까 활동을 해야죠."

"그건 그럴지 모르지만 목적이 없잖냐."

"아뇨, 그것도 있어요."

그러고는 부장의 권위와 명가의 위엄을 담아 엄숙하게 선언했다.

"시월에 있을 학교 축제에 문집을 낼 거예요."

학교 축제?

가미야마 고등학교의 축제가 유명하다는 것은 앞서도 언급한 바 있다. 좀 더 설명을 추가하자면, 이 지방 청소년 문화의 꽃이다. 이것은 사토시에게 들은 말인데, 가미 고 축제의 야외 다석茶席은 이 지역에서 다도를 수행하는 고등학생이라면 한 번은 참가해야 한다고 일컬어지고, 브레이크댄스 콘테스트에서 프로 백댄서를 배출한 적도 있다고 한다. 문예 계통도 질적으로는 어떤지 몰라도 양은 꽤 돼서, 누나가 삼 년간 각 문예계 동아리에서 받아 온 문집이 상자에 한가득이다.

말하자면 그것은 장밋빛 고교 생활의 결정체다. 그에 대해 내가 어떤 감상을 갖고 있는지는 뭐, 말하지 않는 편이 나을 것 같다. 판에 박힌 감상이 아니라고만 해 두자.

그나저나 문집이라니. 나는 지탄다의 제안을 잠시 생각해 본 뒤 당연한 의문을 제기했다.

"지탄다. 보통 문집이란 건 활동의 결과지, 목적이 아니지 않냐?"

지탄다는 고개를 천천히 내저었다.

"아니죠, 결과로서의 문집을 목적으로 삼으면, 그걸 목적으로 결과를 만들어 낸다는 목적이 생겨요."

"……엥?"

"그러니까 결과를 목적으로 삼으면 그걸 목적으로 결과를 만들어 내려고 할 거 아니에요?"

음. 미간에 주름이 잡혔다. 무슨 말을 하고 싶은지는 알겠는데, 이거 동어 반복 맞지?

아무튼 하필이면 문집이라니, 귀찮다. 아니, 문집 따위 만들어 본 적이 없으니 귀찮다고 단정할 수는 없지만, 안 해도 되는 일은 안 하는 게 최상이다. 목적이든 활동이든 뭐든 날조할 수 있다. 필요 없는 활동에 들이는 노력을 낭비라고 한다.

페이퍼백을 덮어 내려놓았다.

"문집은 그만두자. 수고가 너무 많이 들어. 게다가…… 맞다, 집필자가 세 명밖에 없으면 볼품없잖냐."

그러나 지탄다는 강경하게 주장했다.

"아뇨, 문집이 아니면 안 돼요."

"축제에 한몫 끼고 싶으면 다른 방법도 있을 거 아냐? 일일 찻집이라든지."

"가미 고 축제에선 옛날부터 일일 찻집 종류는 금지예요. 아니, 그보다 문집이 아니면 안 돼요."

"……왜?"

"문집 제작비가 예산에 잡혀 있기 때문에 안 만들면 문제가 생길 거래요."

지탄다는 윗주머니에서 단정하게 두 번 접은 종이를 꺼내 보여 주었다. 아닌 게 아니라 금년도 고전부 예산으로 병아리 눈물만큼 나온 돈의 명목은 '문집 제작비'다.

"그리고 오이데 선생님께서도 만들라고 부탁하셨고요. 고전부 문집은 삼십 년 넘는 전통이 있다고 단절되지 않았으면 좋겠다고 하세요."

"……."

합리적인 인간은 일반적으로 머리가 좋다. 그러나 그 말은 합리적이지 않은 인간이 바보라는 뜻은 아니다. 지탄다는 바보는 아니리라. 그러나 결코 합리적이지는 않다. 처음부터 예산이든 전통이든 거기서부터 이야기를 시작해서 활동 목적을 정하자고 말했으면 되는 것을. 명목과 전통, 이 두 가지와 싸우는 게 얼마나 비효율적인 일인지는 나도 안다. 그렇다면 내가 할 수 있는 것은 쓴웃음을 짓는 것 정도다.

"알았다, 알았어. 문집 만들자."

이렇게 해서 목적 없는 안온한 시간은 실로 싱겁게 끝났다. 뭐, 이편이 건전한 일일지는 모른다.

비는 여전히 내리는 중이다. 아직 집에 가기는 어렵겠다 싶어 궁금한 점을 물었다.

"그래서 그 문집이란 건 어떤 거냐?"

"어떤 거라니요?"

"매년 어떤 내용으로 만드느냐고."

설마 그럴 리는 없겠지만, 고전부 문집이 매년 '『난소 사토미 핫켄덴南總里見八犬傳』 독파 기록'이라든지 '『우게쓰 모노가타리雨月物語』, 〈시라미네〉의 천황관', '『오카가미大鏡』에 나타나는 사회 규범의 변천에 관한 지난해의 고찰에 대한 반론' 등으로 메워져 있다면 나도 나름대로 각오가 필요하다. 노파심에서 덧붙이자면 예년의 질에 맞춰 문집을 만들 각오가 아니라 만들지 않을 각오다. 좌우지간 전통이라는 게 어떤 경향을 가지고 있는지 알아둘 필요가 있다.

그러나 부정적인 대답이 돌아왔다.

"글쎄요, 저도 모르겠어요. 어떤 내용이었을까요?"

당연한가. 부장다운 당당한 태도에 자꾸만 잊게 되지만, 지탄다도 고전부원 경력은 한 달이다.

"과월호가 있으면 알 수 있을 텐데요."

"그야 있겠지. 어디 있는지는 몰라도."

"혹시 동아리실에?"

그렇겠군.

……순간 납득할 뻔했던 나 자신이 한심했다. 나는 검지로 바닥을 톡톡 가리켰다.

"……아, 여기가 동아리실이었죠."

그래.

"특활을 하고 있다는 느낌이 별로 안 들어서……."

그것도 맞는 말이리라.

문제의 동아리실인 지학 교실에는 수입에 쓰는 비품 말고 없다. 보이는 것이라곤 칠판과 책걸상, 그리고 기껏해야 청소 도구함뿐인 평범한 교실이다. 문집이 있을 성싶은 곳은 없다.

"보관된 문집이 없는 걸까요?"

"그거야 아니겠지."

"그럼…… 도서실에 있으려나요."

그것이 타당한 생각이리라. 고개를 끄덕이자 지탄다는 책가방을 들고 일어섰다.

"한번 가 볼까요."

그러고는 대답도 기다리지 않고 문을 열고 나갔다. 보기와는 달리 행동력 있는 아가씨다. 뭐, 됐다. 어차피 도서실은 현관으로 가는 길에 있으니 괜히 멀리 돌아갈 것도 없다.

아니, 잠깐. 오늘은 금요일이던가. 어쩌면 도서실 당번이…….

“어라, 오레키잖아? 오랜만이야, 만나고 싶지 않았는데.”

도서실에 들어서자 즉각 독설이 맞이했다. 아니나 다를까, 접수대 뒤에 이바라 마야카가 조그만 체구로 진을 치고 앉아 당번을 서고 있었다.

이바라와는 초등학교 때부터 알고 지낸 사이다. 구 년간 반까지 같았으니 인연은 깊다고 할 수 있겠다. 이목구비는 어렸을 때부터 단정했는데, 그 무렵의 약간 어른스러운 얼굴 그대로 고등학생이 되고 말았다. 앳된 얼굴과 자그마한 키가 합쳐져 동글동글 귀여운 인상을 주지만 속아 넘어가면 안 된다. 그것은 덫이다. 이바라는 언제나 촌철을 가지고 다닌다. 이 녀석 앞에서 방심하면 다채로운 독설이 튀어나온다. 외모에 속아 접근했다가 보기 좋게 격침당한 사내들의 비화는 그 방면에 무지한 내 귀에까지 들어온다. 하기야 이바라는 본인의 실수에 대해서도 강렬하게 걸고넘어지는 터라, 개성은 강할지언정 근본은 좋은 녀석이라는 평판도 없지 않다.

여담이지만 나는 그 평판을 믿지 않는다.

나는 한껏 언짢은 표정을 지으며 말했다.

"여, 만나러 와 줬다."

"여기는 교양의 성역이야. 너하곤 안 어울리는 것 같은데?"

이바라는 접수대 뒤에 다리를 꼬고 앉아 있다. 도서 대출은 학생이 각자 알아서 수속을 밟으니 도서 당번은 할 일이 없어 보인다. 반환된 책을 서가에 돌려놓는 게 할 일일 텐데 반환함에 책 몇 권이 그냥 쌓여 있다. 이바라는 농땡이 치는 타입은 아니니 어느 정도 모일 때까지 기다렸다가 한꺼번에 처리할 생각이리라. 앞에는 꽤 큰 판형의 책이 놓여 있다. 심심풀이로 읽는 걸까.

도서실은 그런대로 붐볐다. 열 개쯤 되는 4인용 테이블에 각각 한두 명씩 앉아 책을 읽고 있다. 독서가도 있겠지만 그게 아니라도 비 오는 날 집에 가기 귀찮은 심정은 나도 이해한다. 그중 한 남학생이 얼굴을 들어 우리를 보았다. 어디서 본 얼굴이다. 이럴 수가, 후쿠베 사토시다.

사토시는 나와 눈이 마주치자 웃음을 지으며 일어섰다.

"여, 호타로, 이게 웬 우연이야."

그러더니 녀석은 이바라와 떨떠름한 얼굴의 나를 번갈아 보며 말했다.

"여전히 사이가 좋구나. 역시 가부라야 중학교 베스트 커플 다워."

이 녀석에게 말해 봤자 소용없다는 것은 알지만 그래도 말했다.

"까불지 마라."

한편 이바라는 담담히 말했다.

"이렇게 음침한 녀석보단 민달팽이가 그나마 낫겠네."

……민달팽이냐.

그러더니 이바라는 여유 있는 표정으로 덧붙였다.

"후쿠, 너 내 마음 알면서 잘도 그런 농담을 한다?"

"이런, 미안, 마야카. 상처받았어?"

"또 그렇게 농담으로 얼버무리지……. 진짜 이제 작작 좀 하셔."

그러고는 사토시를 노려보았다. 사토시는 내게 시선을 돌리고 쓴웃음을 지어 보였다. 이바라는 사토시에게 구애중이다. 언제부터 그렇게 됐는지는 모르겠는데, 사토시는 내내 대답을 얼버무려 왔다.

사토시는 에헴 하고 헛기침을 했다.

"뭐, 어때. 그보다 고전부원 둘이 도서실에 웬일이야?"

맞다. 나는 마야카를 만나러 온 게 아니었다. 지탄다를 돌아보며 재촉하자 갑자기 시작된 촌극에 끼어들지 못하고 있던 아가씨는 조심조심 말을 꺼냈다.

"아, 저기요, 도서위원, 이제 질문해도 될까요?"

"네? 그러세요."

"여기에 동아리 문집이 있나요?"

"있어요. 저기 벽 쪽 서가에."

"고전부 것도 있을까요?"

이바라가 고개를 갸웃했다.

"고전부…… 글쎄요, 미안하지만 기억 안 나는데요. 한번 찾아보겠어요?"

지탄다가 감사를 표하고 돌아서려는데 사토시가 말렸다.

"없던데. 아까 우연히 그 서가를 봤거든. 마야카, 거기 없으면?"

"으음, 서가에 없으면 서고에 있으려나."

"서고라."

사토시는 잠시 생각에 잠기는 듯하더니 물었다.

"지탄다, 문집은 또 왜?"

"축제 때 문집을 만들기로 했거든요. 이전 문집들을 한 번쯤 봐 두려고요."

"저런, 간야제에 출품한다고? 호타로가 용케 승낙했네."

승낙이라기보다 거의 사후 승인에 가까웠지만. 게다가 지탄다는 내 승낙 따위 필요 없었을 게 분명하다.

음? 무슨 제?

"사토시, 방금 무슨 제라고?"

"간야제. 들어본 적 없어? 가미 고 축제의 속칭인데."

속칭이라면, 조치 대학 축제를 소피아제라고 한다든지 게이오 대학 축제를 미타제라고 하는 그런 건가. 있을 법한 명칭이기는 하지만, 자릿수 올라가는 4대 명가의 사례도 있으니 순순히 믿을 수 없다.

"그거 수상한데. 진짜냐?"

"진짜야. 공식적인 건 아닌 것 같지만 수예부 선배는 다들 간야제라고 부르던데. 마야카, 만연에선 어때?"

이바라, 만화 연구회였나. 이미지에 맞는다고 하면 맞는 것 같고 어울리지 않는다고 하면 어울리지 않는 것 같다. 미묘하다.

"응, 다들 간야제라고 해. 위원회에서도 그랬고."

"간야? 한자는 어떻게 쓰죠?"

사토시는 두 손을 들어 항복 포즈를 취했다.

"그걸 모르겠지 뭐야. 물어보고 다니긴 했는데."

간야제라는 속칭은 진짜인가 보다. 간야. 무슨 한자를 쓰는 건지 전혀 가늠이 되지 않는다. 하기야 이름이란 터무니없는 데서 붙기도 하니 유래를 찾기는 쉽지 않을 것이다. 그런 생각을 하는데 사토시가 덧붙였다.

"뭐, 가미야마 고등학교 축제를 줄여 가미야마제, 간야마제, 간야제, 이렇게 된 게 아닐까 싶긴 한데."

변함없이 잡학 지식을 부지런히 쌓는 녀석이다.

곁길로 샌 이야기를 본론으로 되돌리듯 이바라가 다소 강한 말투로 말했다.

"문집 말인데, 서고를 찾아보면 있을지도 모르지만 지금은 사서 선생님이 회의 때문에 자리에 안 계셔서 들어갈 수 없거든. 삼십 분쯤 있으면 오실 텐데 기다릴래?"

삼십 분. 지탄다도 지금 당장 보고 싶은 것은 아닌 듯 "어떻게 할까요?" 하고 조그만 목소리로 물었다. 나는 어느 쪽이든 상관없지만 어쩐지 빗발이 거세진 것 같았다. 일기예보에서 오후에 개어 밤에는 별을 볼 수 있으리라고 했으니, 기다리는 것도 나쁜 선택은 아닐 것이다.

"그럼 기다려 볼까."

"가도 되는데."

아까 읽던 페이퍼백이라도 마저 읽을까 하고 발길을 돌리려는데 사토시가 이바라의 소매를 잡아당겼다.

"마야카, 아까 그 이야기, 얘들한테도 해 보지?"

이바라는 미간을 가볍게 찌푸리는 척하더니 고개를 끄덕였다.

"그럴까. 오레키, 가끔은 머리 좀 써 볼 생각 없니?"

없는데.

그러나 지탄다의 생각은 다른 듯했다.

"어떤 이야기인데요?"

사토시가 여느 때처럼 미소를 머금은 얼굴로 대답했다.

"사랑 없는 애독서 이야기."

"내가 금요일 방과 후에 당번을 서러 여기 오면 늘 똑같은 책이 반환함에 들어 있는 거야. 오늘로 오 주 연속. 이것만 해도 이상하잖아?"

이바라가 무슨 말을 하든 나는 페이퍼백을 읽을 자리를 찾았다. 그러나 사람이 많다 보니 편히 있을 만한 곳이 없었다. 하는 수 없이 방금 전까지 사토시가 차지하고 있던 의자에 앉았다.

이 자리는 접수대에서 가깝다. 세 사람의 이야기 소리가 다 들린다.

"인기 있는 책인가 봐요."

"이게 그래 보여?"

이바라는 앞에 놓인 커다란 판형의 책 표지를 보여 주었다.

"어머, 아름다워라……."

지탄다의 감탄에 나도 모르게 시선이 그쪽을 향했다. 아닌 게 아니라 아가씨의 환심을 살 만큼 훌륭한 장정이었다. 가죽 표지에 섬세한 문양으로 장식되어 있다. 뭐랄지, 거의 검정에 가까운 짙은 감색에서 중후함이 느껴졌다. 제목은 『가미야마 고등학교 오십 년의 발자취』. 두께도 있지만 가로세로 길이도 꽤 된다.

"펴 봐도 될까요?"

"응."

책가방에서 페이퍼백을 꺼내 읽던 곳을 찾으려는데, 얇은 종이 대신 질이 좋은 종이가 시야에 들어왔다. 지탄다가 당연하다는 양 『가미야마 고등학교 오십 년의 발자취』를 내 눈앞에 편 것이다. 관심은 없지만 밀어낼 수도 없는 노릇이라 나도 그 내용을 훑어보았다. 더도 덜도 아닌 학교 연혁이었다. 이런 식의 문장이 끝없이 이어졌다.

1972년의 일본과 세계

5월 15일, 오키나와의 시정권施政權이 반환되어 오키나와 현 발족.

9월 29일, 중일 공동 성명에 조인, 중일 국교 정상화.

지가 및 물가가 폭등.

1972년의 가미야마 고교

○ 6월 7일, 가미야마 고교 궁도부, 현縣 궁도 신인전에서 첫 우승.

○ 7월 1일, 1학년 캠프, 태풍으로 중지.

□ 10월 10-14일, 축제.

□ 10월 30일, 체육대회.

□ 11월 16-19일, 2학년 수학여행. 나가사키 · 사세보.

□ 1월 23, 24일, 1학년 스키 강습.

○ 2월 2일, 차량 폭주 사고로 1학년 오이데 나오토 군 사망. 추모 집회.

깨알 같은 글씨가 죽 이어지니 이것을 독파하려면 고생깨나 할 것 같다. 나는 이 책을 매주 대출까지 해서 읽을 마음은 없지만, 내용이 내용인 만큼 그래야 하는 녀석이 있어도 기묘할 것은 없으리라.

"호타로, 방금 '이걸 매주 빌리는 녀석이 있어도 이상할 것 없다'고 생각했지."

남의 마음을 읽는 텔레파시 능력자 같으니.

내가 반론하지 않자 이바라가 별로 있지도 않은 가슴을 펴고 으스댔다.

"그렇게 간단한 이야기일 리 있겠어? 너 여기서 책 빌려 본 적 없지? 가르쳐 줄 테니까 잘 들어. 우리 학교 도서실의 대출 기한은 이 주야. 그러니 매주 빌릴 필요가 없단 말이야."

"그런데도 이 책을 매주 반환한다는 거야."

……아닌 게 아니라 이상한 상황이기는 하다.

"누가 빌리는지 알 수 있나요?"

"그야 물론이지. 뒤표지 안쪽에 대출 카드가 있으니까 봐 봐."

지탄다는 시키는 대로 카드를 보더니 중얼거렸다.

"어머?"

"왜?"

대출 카드에는 빌린 날짜와 빌린 사람의 학년과 반, 이름이 씌어 있었다. 아닌 게 아니라 이 책이 매주 대출된 것을 알 수 있었다. 그러나 지탄다는 그 때문에 놀란 게 아닌 듯했다. 빌린 사람 적는 칸을 손가락으로 훑어 가리켰다.

이번 주에 빌린 사람은 2학년 D반 마치다 교코.

지난주 빌린 사람은 2학년 F반 사와키구치 미사키.

지지난주 빌린 사람은 2학년 E반 야마구치 료코.

지지지난주 빌린 사람은 2학년 E반 시마 사오리.

지지지지난주 빌린 사람은 2학년 D반 스즈키 요시에.

"요컨대 매주 다른 사람이 빌린다는 거냐."

"그게 다가 아니에요."

지탄다는 날짜를 가리켰다. 주의해서 보니 최신 날짜는 오늘, 거기서 7을 뺀 게 지난주 대출일이다.

"매주 금요일에 빌려 갔어요."

"응, 바로 그거야. 대출일이랑 반환일이 같거든. 마치다 교코는 오늘 이 책을 빌렸다가 오늘 이 책을 반환했다는 이야기야. 이하 동문으로 오 주 연속. 빌린 시간도 알아. 다섯 명 다 점심시간이라고. 점심시간에 빌려 가서 방과 후에 반환했으니 읽기는 고사하고 훑어볼 시간도 없을 텐데."

"……."

"어때? 궁금하지?"

사토시가 말했다. 지탄다는 이바라에게 책을 돌려주며 천천히 고개를 끄덕였다.

"네. ……저, 신경 쓰여요."

평소보다 힘준 말투. 지난번과 마찬가지로 어째 동공까지 커진 것 같다. 강한 흥미의 발로다.

"이유가 뭘까요?"

이바라가 내놓은 수수께끼가 아가씨의 호기심에 불을 댕긴 모양이다. 사토시, 저 멍텅구리, 저렇게 함부로 자극하는 소리를 하다니. 어떻게 되든 난 모른다고 생각하며 페이퍼백으로 시선을 돌리려 했다.

상황을 너무 만만하게 봤다. 내가 덤터기를 쓸 줄은 몰랐다. 지탄다는 또다시 페이퍼백 위에 『가미야마 고등학교 오십 년의 발자취』를 놓았다.

"이유가 뭘까요, 오레키 씨?"

"어, 나?"

사토시가 순간 평소 늘 짓는 미소가 아니라 놀리는 듯한 웃음을 띠었다. 그 순간 나는 깨달았다. 사토시는 이렇게 될 것을 예상하고 나를 함정에 빠뜨린 것이다. 영악한 악당 같으니.

"우리 한번 생각해 봐요."

"……."

"자, 오레키 씨도!"

왜, 왜 내가. 지탄다가 호기심 왕성한 것은 훌륭한 일이고, 사토시의 장난기도 어떻게 생각하면 녀석의 미점 중 하나일지 모르지만, 내가 그에 맞춰 줄 의무는 전혀 없지 않나.

그러나 사태가 여기에 이른 이상 발을 빼려 하면 일이 더 성가셔질 것은 분명하다. 결국 이렇게 말할 수밖에 없었다.

"……그러게, 재미있는걸. 한번 생각해 볼까."

옆에서 이바라가 사토시에게 말했다.

"후쿠, 오레키가 머리 좋았던가?"

"아니, 별로. 하지만 이렇게 쓸데없는 일엔 가끔 쓸데가 있거든."

이것들이, 아주 멋대로 막말을 해 대는군.

나는 생각해 보았다.

매주 다른 사람이 이 책을 빌려 가 그날 중으로 반환하는 행위가 우연히 오 주 연속으로 발생했다 해도 있을 수 없는 일은 아니다. 그러나 나는 그렇게까지 우연의 신을 믿지 않거니와, 그래서는 지탄다가 납득하지 않으리라. 중요한 것은 사실이 아니라 지탄다의 납득을 얻어 내는 일이다.

우연이라는 결론을 배제하고 나면, 당연히 이 책을 읽기 위해 빌린 게 아니라는 것을 알게 된다. 점심시간에 빌려 가 방과 후에 반환해서는 책을 읽을 겨를이 없을뿐더러, 집에 가지고 갈 게 아니라면 도서실에서 읽으면 그만이니 굳이 대출 수속을 밟을 필요가 없다. 결론. 이 책은 도서의 본분을 다하기 위해 사용된 것이 아니다. 그렇다면?

"……책을, 읽는 거 말고 다른 목적으로 쓴다면 어떤 용도가 있을 수 있을까?"

지탄다 왈,

"포개 놓으면 장아찌를 절일 수 있어요."

사토시 왈,

"팔에 붙이면 방패가 되지."

이바라 왈,

"몇 권 쌓으면 베개로 좋을지도 모르고."

너희한테 두 번 다시 뭘 묻나 봐라.

관점을 바꿔 보자.

매주 다른 사람이 빌려 가는 이유는 무엇인가? 우연을 배제한 이상, 생각할 수 있는 가능성은 둘. 그들에게 공통점은 없으며 이 책을 금요일 오후에 쓰는 게 유행인 경우, 또 하나는 그들이 결탁해 이 책을 사용하고 있으며 당번을 정해 돌아가며 책을 빌리는 경우다.

하지만 유행이라니 무슨 유행? 오늘의 운세 같은 건가? '이번 달 당신의 행운의 아이템은 학교 연혁사 책. 금요일 오후에 빌렸다가 그날 중으로 반환하면 남자 친구랑 잘될지도?'

……어처구니없다.

후자의 경우, 그들에게 공통점이 있다는 뜻이 된다.

빌려 간 사람은 이름으로 보건대 전부 여학생 같다. 그러나 이것은 거의 쓸모없는 공통항이다. 가미 고에서 무작위로 다섯 명을 추출했을 때 전원 여자일 가능성은 충분히 높고, 그게 아니라도 남자건 여자건 집단을 만들 때 동성끼리 모이는 것은 드문 일이 아니다.

그 밖에 공통점이라면 모두 2학년이라는 것이다. 하지만 반은 다르다.

음……?

그러고 보니.

"어때, 알겠어?"

뭔가 생각날 듯했는데 사토시가 말을 붙이는 바람에 잊어버렸다. 뭐였더라?

어쨌든 맨 처음 생각난 것을 말해 본다.

"무슨 신호였다는 건 어때? 예를 들어…… 앞표지가 보이게 반환하면 가능, 뒤표지가 보이게 반환하면 불가능이라든지."

"뭐가 가능이에요?"

"예를 들면 그렇다는 거야. 뭐든 상관없어."

지탄다는 고개를 갸웃거리며 생각하기 시작했다. 그래, 그래, 이대로 그냥 납득해라.

그러나 반박당했다. 지탄다가 아니라 이바라에게.

"그럴 리 있겠어? 봐 봐."

이바라가 가리킨 것은 도서 반환함이었다. 반환함 속에 책이 쌓여 있다. 과연 앞표지고 뒤표지고 알 수 없다. 책에 어떤 장치를 했다 해도 그것을 알 수 있는 것은 반환함을 열 사람뿐이다. 그것은 즉, 금요일 방과 후의 도서 당번.

그만두자. 섣불리 입을 놀렸다간 이바라의 밥이 될 뿐이다.

아무리 생각해도 모르겠다. 열쇠는 다 나왔는지도 모르지만 그래도 모르겠다. 힌트라고 할지, 단서가 하나만 더 있으면 좋겠는데. 나는 이바라가 들고 있는 장정이 수려한 책 표지를 바라보며 언제쯤 항복 선언을 할지 그 생각만 하고 있었다.

그런데 시선 앞에 느닷없이 지탄다가 끼어들었다. 접수대에 몸을 내밀고 이바라가 안고 있는 책에 얼굴을 바짝 들이대고 꼼짝 않고 응시했다.

"어, 어?"

지탄다의 돌발적인 행동에 이바라가 주춤했다. 그 심정 이해한다.

"왜 그러냐, 지탄다. 표지에 불을 쬐면 나타나는 비밀 암호라도 있냐?"

얼마 동안 그 자세로 있던 지탄다가 이윽고 중얼거렸다.

"……무슨 냄새가 나요."

"그래? 이바라, 잠깐 줘 봐. ……난 모르겠는데?"

"아뇨, 틀림없어요."

"책 냄새 아닐까? 잉크 냄새, 도서실 냄새."

지탄다는 사토시의 말에도 고개를 가로저었다.

이바라와 사토시도 내게서 책을 넘겨받아 냄새를 맡았지만 무슨 냄새가 난다는 건지 모르는 듯했다. 눈살을 찌푸리며 고개를 갸웃거리고 있다.

"모르시겠어요? 자극취인데요. 시너 같은."

"위험한 소리를 하네."

"냄새…… 난 모르겠는데."

아닌 게 아니라 나도 모르겠다. 하지만 지탄다의 착각 같지도 않았다. 아가씨가 이렇게까지 확실하게 단언하고 있으니. 그렇다고 설마 시너 냄새일 리도 없고.

그렇다면…… 흠.

……알 것 같다.

하지만 답 맞춰 보기는 귀찮은데.

어떻게 할까 궁리하는 내 마음을 사토시가 이번에도 꿰뚫어 보았다.

"호타로, 어째 답을 알아낸 표정인데."

"뭐? 설마, 오레키가?"

최대한 의심스러운 시선으로 바라보는 이바라를 의식하며

순순히 고개를 끄덕였다.

“음, 뭐. 확신은 할 수 없지만. 지탄다, 운동 좀 할 마음 없냐? 갔다 왔으면 하는 데가 있는데.”

“네? 알아내셨어요? 어디로 갈까요?”

지탄다는 장소만 알면 바로 뛰쳐나갈 기세였으나 사토시가 미소를 지으며 제지했다.

“지탄다, 속으면 안 돼. 호타로한테 부려지다니 안 될 일이야. 이 녀석은 부려야 제맛인걸. 호타로, 어디야?”

말이 너무 심한 것 아닌가. 이바라 앞이라 그런지 평소보다 사토시의 말씨가 과격하다. 하지만 뭐, 엄연히 말해서 틀린 말은 아닌지라 화도 나지 않는다. 확실히 나는 누가 부리지 않으면 아무것도 하지 않을 것이다.

“알았다, 갔다 오마. 오늘은 비 때문에 체육 수업도 못 했으니 가처분 에너지가 아직 남아 있거든.”

그렇게 말하자 지탄다도 같이 가겠다고 했다.

“나도 같이 가 줄게. 오레키가 진짜 알아낸 거라면 좀 충격이니까. 후쿠, 접수대 잠깐 봐 줘.”

이바라가 그렇게 말하며 접수대에서 나왔다. 덤터기를 쓴 사토시는 얼마 동안 망연자실했으나 이윽고 찍소리 없이 접수대로 들어갔다. 꽤 오랜만에 사토시의 슬픈 표정을 봤다.

만족스러운 성과를 거둔 우리는 도서실로 돌아왔다.

"어떻게 됐어?"

"후쿠, 오레키가 좀 이상해."

"그래, 이상해. 마야카, 몰랐어?"

"그런 걸 대체 어떻게 안 거지……."

'어떻게'라고 한들. 이런 것은 영감의 문제고, 영감이 떠오르느냐 아니냐는 거의 운이나 다름없다.

"정말이지 오레키 씨는 대단하시네요. 저도 오레키 씨의 머릿속이 어떻게 생겼는지 관심이 생기는데요."

폭풍우 몰아치는 밤, 시 외곽의 저택(물론 고딕 양식) 지하실에서 내 두개골 절개 수술을 하는 지탄다가 상상이 되어 무서웠다. 나로 말하자면 오히려 아무도 알아차리지 못한 희미한 냄새를 맡은 지탄다의 후각이 수수께끼다.

"오레키 씨라면 어쩌면……."

음? 어쩌면 뭐? 생체 컴퓨터의 재료가 될 수 있겠다는 말은 제발 말아 줘라.

사토시가 이바라와 자리를 바꾸며 물었다.

"자, 호타로, 어디 설명을 들어 볼까. 우선 어디 갔었던 거야?"

나는 카운터에 팔꿈치를 얹어 몸을 기대며 대답했다.

"미술 자료실."

"미술 자료실? 건물 반대편이잖아."

"그래서 가기 싫었다고."

"거기 뭐가 있길래?"

"일단 들어."

미술 자료실에서 지탄다와 이바라에게 했던 설명을 되풀이했다.

"그 책을 쓴다면 금요일 5교시나 6교시, 아니면 그 둘에 걸쳐서야. 쉬는 시간에 그렇게 큰 물긴으로 뭘 할 여지에는 없어. 읽을 녀석은 더 말할 것도 없고. 그리고 같은 학년의 서로 반이 다른 학생들이 서로 관련되는 수업으로 말하자면……."

아까 떠오르려다가 사토시 때문에 잊어버린 게 이것이다. 지탄다를 처음 만났을 때 생각했던 것. 지탄다는 나를 어디서 봤나?

"체육 아니면 예술 과목이지. 아무리 그래도 체육 시간에 책을 쓰진 않아. 자, 이 책의 표지를 한번 봐. 만듦새도 꽤나 정교하고 색조도 꽤 멋지지 않냐? 다섯 여학생은 책을 수업에 썼던 거야. 매주 빌리러 가는 당번을 정해서."

사토시가 끼어들었다.

"매주라는 게 이해가 안 되는걸. 대출 기간은……."

"이바라하고 똑같은 걸 묻는군. 죽이 아주 잘 맞는데. 사토시, 너 같으면 읽지도 않을 책을 갖고 있겠냐? 매주 도서실에 반납하는 게 가장 편한 관리 방법인 거야."

"……그렇군. 그래서 뭘 발견한 거야?"

"이쯤 되면 알 텐데. 그림이야. 2학년 D, E, F반 합동 수업 미술 시간에 그린 그림."

그림은 여러 장으로, 그림체는 달라도 모두 똑같은 여학생의 초상화였다. 옆 테이블에 꽃이 놓여 있고, 여학생이 보고 있는 것은 물론 미려한 장정의 학교 연혁사, 『가미야마 고등학교 오십 년의 발자취』다. 실제로는 조그만 장식 문자가 뭉개지듯 그려져 미술적 모티프로 과연 의미가 있는지 의심스러웠지만.

"제법인걸, 호타로. 그럼 지탄다가 맡은 냄새는?"

"물론 물감 냄새지. 그걸로 알 수 있었어. 미술 자료실에 냄새가 꽉 들어찼더라."

사토시는 열의가 담기지 않은 손뼉을 두어 번 쳤다.

"오, 훌륭한걸. 덕분에 제법 재미있는 시간을 보냈어."

지탄다가 미소를 지으며 동의했다.

"네, 즐거웠어요. 시간이 금방 가던걸요."

"난 몇 시간 생각해도 알 수 없었는데……. 오레키한테 이런 재주가 있다니!"

정말이지, 그게 너희와 내가 다른 점이다 싶다. 책을 묘하게 빌려 간다고 그것을 이상하게 생각하는 이바라, 아무래도 상관없는 그런 기이한 일에 큰 관심을 보이는 지탄다, 그리고 일련의 과정을 즐길 줄 아는 사토시와 나는 다르다. 심지어 카타르시스마저 느끼는 듯한 그들을 앞에 두고 내가 생각한 것은 간야제에 대해 내가 품고 있는 인상과 어딘지 모르게 상통하는 데가 있었다.

뭐랄까……. 뭐, 그냥 넘어가자.

빗발이 꽤 약해졌다. 자, 이제 집에 가 볼까.

그렇게 생각하고 책가방을 집는데 지탄다에게 붙들렸다.

"아, 아직 가시면 안 돼요."

"왜? 또 뭐가 있냐?"

그러고 보니 사토시와 이바라의 시선이 차갑다. 내가 뭐 실수했나?

"오레키, 너 여기 뭘 하러 온 거니?"

뭐라니, 사랑 없는 애독서…….

아니, 아니다. 그래, 문집이다. 사토시가 웃었다.

"좀만 더 기다려. 호타로 넌 가끔 꼭 그렇게 멍청하더라."

"가끔? 후쿠, 그거 과대평가 아냐?"

그래, 네 앞에서 실수하다니 멍청이도 그런 멍청이가 없다.

이바라가 말을 이으려는데 접수대 뒤에서 누가 불렀다.

"이바라, 수고 많았어. 그만 가 봐도 돼."

"아, 네. 오셨어요, 이토이가와 선생님."

목소리의 주인공은 교사였다. 오늘 처음 보는데, 이 사람이 사서이리라. 중년도 막바지에 이른 나이에 체격이 꽤나 아담하다. 이름표를 달았다. 이토이가와 요코.

사서가 등장하자 사토시가 재빨리 교섭을 시작했다.

"선생님, 고전부의 후쿠베 사토시인데요. 저희가 문집을 만들려고 과월호를 찾는 중인데, 서가에 없는 것 같거든요. 서고를 찾아봐도 될까요?"

"고전부? ……문집?"

이토이가와 선생님은 놀란 듯 말했다. 역시 고전부는 폐부됐다고 생각하는 걸까.

"너희, 고전부니? 그래……. 미안하지만 문집 과월호는 도서실에 없단다."

"네, 그래서 서고를."

"서고에도 없어."

"있는데 못 보셨을 수도."

"아니."

묘하게 딱 잘라 대답하는군. 어쨌든 사서가 책을 감출 이유가 있을 것 같지 않다. 최근 서고 정리라도 했나 보다.

전적으로 부정하면 사토시도 물러날 수밖에 없다.

"그런가요. 알겠습니다. ……그렇다는데, 지탄다."

"……큰일이네요."

지탄다는 미묘하게 흐려진 표정으로 나를 돌아보았다. 그런 표정을 지은들 내가 할 수 있는 일은 어깨를 으쓱하고 이렇게 말하는 것 정도다.

"언젠가 나오겠지. 가자."

책가방을 어깨에 메려는데 이바라가 야유했다.

"표정이 아주 밝으시네. 문제를 풀고 기분이 상쾌하신가봐?"

딱히 풀고 싶었던 게 아닌 문제를 풀었다고 기분이 상쾌하겠나. 이바라, 그 지적은 완전히 빗나갔는걸. 나는 그렇게 말하려다가 말해 봤자 무슨 소용이 있겠나 싶어서 어깨를 으쓱하고 말았다.

"그러게요, 그만 갈까요. ……수확도 있었고요."

지탄다가 영문을 알 수 없는 소리를 했다.

어쨌든 볼일은 끝났다. 나는 이번에야말로 가방을 어깨에

멨다. 어느새 빗소리가 그치고 구름 사이로 빛이 비쳤다. 발길을 돌리는데 지탄다가 조그맣게 중얼거리는 말이 들린 듯했다.

"그래요, 오레키 씨라면 어쩌면…….”

4

사정 있는 고전부의 후예

어느 일요일, 지탄다가 나를 불러냈다. 학교 밖에서 만나고 싶다고 했다. 장소는 나더러 정하라고 해서 찻집 파인애플 샌드에서 만나기로 했다. 짙은 갈색을 기조로 한 점잖은 실내 장식과 내가 아는 어느 찻집보다도 신맛을 잘 살린 킬리만자로 커피가 마음에 드는 집이다. 크기는 작지만 간판이 눈에 띄니 찾기 어렵지 않을 것이다.

요즘 세상에 음악은커녕 유선 방송조차 틀지 않는 가게 안은 조용했다. 그 자체는 분명히 내가 이곳을 마음에 들어 하는 요소 중 하나지만, 올 사람을 기다릴 때는 심심하다. 약속 시간이 되려면 아직 몇 분 남았는데도, 나는 칸막이로 가려진 테이블석에서 커피의 잔량을 가늠하며 지탄다가 안 온다고 화내고 있었다.

지탄다는 내 손목시계가 약속한 1시 반을 가리키기 직전에 나타났다. 가게가 좁은 덕에 금세 나를 발견한 지탄다는 흰색에 가까운 크림색 원피스 자락을 팔랑이며 맞은편에 앉았다. 사복을 입었다는 것 외에는 별달리 꾸미지 않았다.

"나오시라고 해서 죄송해요."

나는 괜찮다고 말하는 대신 남은 커피를 들이마셨다. 주인이 주문을 받으러 왔다. 지탄다는 메뉴를 대충 훑어보더니 "비엔나 코코아 주세요" 하고 들찍지근한 주문을 했다. 유복하지 않은 고등학생인 나는 추가 주문을 하지 않았다.

본론 전의 잡담으로 지탄다가 이 집 인상이 좋다고 이야기하고, 그에 대해 내가 이 집에서 커피를 마시지 않는 것은 우에노 동물원에 가서 판다를 보지 않는 것이나 다름없다고 이야기하고, 지탄다가 그에 대한 반론으로 자신이 얼마나 카페인에 약한지 풍부한 사례를 들어가며 설명하는데 비엔나 코코아가 나왔다. 코코아에 산더미같이 얹힌 생크림을 보고 경악했다. 지탄다는 단것을 좋아하나.

지탄다는 스푼으로 생크림 산을 허물기 시작했다. 어쩐지 즐거워 보인다. 그냥 두면 코코아를 마시고 잡담만 하다가 돌아가지 않을까. 그렇게 될 가능성이 반 이상 진심으로 염려되어 내가 먼저 말을 꺼내기로 했다.

"그래서 무슨 일인데?"

"네?"

신성한 일요일에 남을 불러내 놓고 그런 태도로 나온다, 이 말이지.

"날 왜 예까지 나오라고 했냐고."

지탄다는 소리 하나 내지 않고 코코아를 한 모금 마시고는 "맛있다" 하고 나지막이 중얼거리더니 고개를 갸웃했다.

"이 찻집을 고른 건 오레키 씨인데요."

"나 간다."

"앗, 잠깐만요!"

지탄다는 스푼을 내려놓고, 컵을 내려놓고, 자세를 바로 했다.

"죄송해요. 제가 좀 긴장해서 그래요."

침착하기 그지없어 보이는데, 그러고 보니 표정이 좀 딱딱한 것도 같다. 뭣보다도 자신이 긴장했다는 말을 무심코 흘리는 것 자체가, 이 녀석이 지금 예사 상태가 아니라는 뜻이다. 그에 휘말려 그만 지나친 농담이 튀어나왔다.

"긴장? 왜, 고백이라도 하려고?"

말을 해 놓고 그제야 지탄다에게 이런 농담이 통하지 않을 수도 있다는 사실을 깨달았다. 아, 아니, 그게 아니라, 하고 꼴사납게 얼버무리려 했다. 그런데 지탄다는 잠시 망설이는 기색을 보이더니 고개를 끄덕했다.

나는 당황했다. 당황하는 통에 주인에게 이렇게 말하고 말았다.

"……여기 커피 한 잔 추가요."

그런 나를 아랑곳하지 않고 지탄다는 조용히 말했다.

"고백이라면 고백일지 몰라요. 오레키 씨께 부탁드리고 싶은 게 있거든요. 원래는 제 자신의 문제니까 사실 부탁드리는 것도 염치없는 일이에요. 그러니 우선 제 이야기를 들어 주시겠어요?"

지탄다는 이제 코코아에 눈도 주지 않았다. 그런 일이었나. 진지한 것은 질색이지만 나는 말했다.

"그러냐. 그래, 들어 보자."

"네."

지탄다는 침을 삼키고 나서 천천히 이야기를 시작했다.

"……제게 외삼촌이 계셨어요. 저희 어머니 오빠인데, 성함은 세키타니 준이에요. 십 년 전 말레이시아로 건너가셔서 칠 년 전부터 행방불명이에요.

어렸을 때 전…… 아뇨, 지금도 어린애가 아니라고 할 순 없지만, 십 년 전 저는 삼촌을 많이 따랐어요. 제가 기억하기로 삼촌은 어떤 질문에나 대답해 주시는 분이었어요. 어린애였으니까 분명히 엉뚱한 질문도 많았을 거예요. 실제로 어떤 걸 물었는지는 기억나지 않아요. 하지만 삼촌은 모르는 게 없으셨다는 이미지가 남아 있답니다."

"대단한걸."

"박식하셨던 건지 입담이 좋으셨던 건지 지금은 알 수 없지만요."

내가 할 법한 농담을 말하고는 입으로만 웃었다.

"너한테 삼촌이 계셨다는 건 알았어. 하지만 삼촌쯤은 나도 있다고. 행방불명된 삼촌은 없지만. 그게 왜 나한테 뭘 부탁한다는 이야기로 이어지는 거냐? 설마 말레이시아에 가서 찾아오란 말은 아니겠지?"

"아뇨. 소식이 두절된 건 벵골 지방이니까, 음, 인도예요. 제가 오레키 씨께 부탁드리고 싶은 건…… 제가 삼촌에게 무슨 말을 들었는지 기억나게 해 달라는 거예요."

지탄다는 거기까지 이야기하고 일단 말을 멈추었다. 적절한 판단이었다. 내가 방금 무슨 말을 들은 건지 잠시 이해되지 않았다. 자기가 삼촌에게 들은 말이 무엇인지, 그것을 내게 알려 달라고?

"……너무한다."

"제가 너무 앞서 나갔네요. 삼촌에 관해선 제가 아주 어렸을 때라 기억이 거의 없어요. 하지만 딱 하나 기억에 강렬하게 남아 있는 일이 있거든요. 기억해 내고 싶은 건 그거예요."

코코아를 맛본다기보다 아마도 입을 축이기 위해 지탄다는 컵을 입으로 가져갔다. 그러고는 소리를 조금 낮추어 이야기를 계속했다.

"전 그때 유치원생이었어요. 어떤 계기로 그렇게 됐는지는 몰라도 전 삼촌이 '고전부'였다는 걸 알았어요. 늘 집에 있던 다시마 젤리와 발음이 비슷해서 그랬을까요, 전 삼촌의 '고전부'에 흥미를 가졌어요."

다시마 젤리와 고전부. 시시한 농담 같지만, 어린애의 호기심은 패턴을 예측하기가 쉽지 않으니 그런 일도 있을지 모른다. 하물며 호기심의 화신, 지탄다 에루 아닌가.

"전 삼촌을 졸라 '고전부'에 대한 이런저런 이야기를 들었어요. 그러다가 어느 날, '고전부'에 얽힌 어떤 것을 삼촌께 여쭤 봤어요. 여느 때는 뭐든 바로 가르쳐 주시던 삼촌이 그때만은 묘하게 대답을 꺼리시는 것 같았어요. 그게 분해서 한참 떼를 썼더니 삼촌도 마지못해 대답해 주시더군요. 그리고 그 대답을 들은 전…….”

“넌?”

“……울었어요. 무서웠던 건지, 슬펐던 건지 엉엉 울었죠. 어머니가 놀라 달려왔다는데 그건 기억나지 않아요. 기억나는 건 삼촌이 그런 절 달래 주지 않으셨다는 거예요.”

“충격받았어?”

“글쎄요, 아마 그렇겠죠. 지금껏 기억하고 있으니까요. 하지만 시간이 지나, 중학생이 됐을 무렵엔 궁금해지기 시작했어요. 삼촌은 어째서 대답을 꺼렸을까. 왜 우는 날 달래 주지 않았을까. ……오레키 씨는 어떻게 생각하세요?”

질문을 받고 생각해 보았다. 어린애의 의문에 일일이 답해 줄 정도로 인심이 좋고 또 그 질문에 모조리 대답해 줄 수 있을 만큼 재치 있는 사람이 왜 그때만은 우는 아이를 내버려 두었나.

그런 것쯤은 바로 알 수 있다. 나는 한껏 여유 있는 태도로 말했다.

“너희 삼촌은 물릴 수 없는 말씀을 하신 게 아니겠냐. 우는 아이에게도 방금 그 말은 거짓말이라고 할 수 없는 중요한 이야기를 하신 거야.”

지탄다가 미소를 지었다.

"네, 저도 그렇게 생각해요."

지탄다가 똑바로 바라보았다. ……흠. 커피, 아직 멀었나.

"그런 생각을 하게 된 뒤로 전 그때 무슨 말을 들었는지 알고 싶어졌어요. 제가 할 수 있는 일은 다 했다고 생각해요. 당시 환경을 재현해 보려고 광에도 들어가 봤고, 소원해진 세키타니가 친척들과도 가능한 범위 내에서 접촉해 봤어요."

이 녀석이라면 할 수 있는 일은 철두철미하게 했을 것이다.

"그렇지만 안개가 낀 것 같다고 할까요. 도무지 생각나지 않는 거예요. ……그렇게 되면 오레키 씨 말을 빌리자면 단서가 필요한 거죠."

"그게 네가 고전부에 들어온 '개인적인 사유'였군."

지탄다는 고개를 끄덕했다.

"그렇지만 고전부가 폐부 직전일 줄 몰랐어요. 간단할 거라고 생각하지는 않았지만 물어볼 상대조차 없을 줄은 몰랐지 뭐예요. 교무실에도 가 봤지만 삼촌이 고등학생이셨던 삼십삼 년 전 일을 아는 선생님은 안 계셨어요."

"그런데 왜 나한테 도움을 청하는 거지?"

"그건……."

지탄다가 말을 멈추는가 싶더니 커피가 나왔다. 수염을 기른 주인은 기계적으로 빈 잔을 치우고 새 잔을 내려놓고 가버렸다. 지탄다는 불현듯 생각난 것처럼 코코아를 한 모금 마셨다.

"……동아리실 문이 잠겼을 때도, 이바라 씨가 도서실에서 문제를 냈을 때도 오레키 씨는 제가 상상도 못 한 결론을 내 주셨죠. 뻔뻔하다는 건 알지만 오레키 씨라면 절 해답으로 이끌어 주실 거라고 생각해요."

내 얼굴이 찌푸려지는 것을 알 수 있었다.

"날 너무 과대평가하는 거 아니냐? 그런 건 그냥 순간적으로 떠오른 생각이야. 요컨대 운이라고."

"그럼 그 운에 의지하게 해 주세요."

"내키지 않는걸."

내킬 리가 없다. 뭣보다도 지탄다의 말대로 수락해야 할 이유가 없는 성가신 문제다. 둘째로, 만일 성과를 거두지 못한다면 나는 미안한 마음으로 내 무력함을 저주해야 할 것이다. 이것은 속 편한 게임이 아니라 지탄다라는 한 인간의, 과장해서 말하자면 인생관과 연관된 일이다. 그런 문제에 내가, 에너지 절약주의자인 호타로가 조금이라도 책임을 진다고? 농담이시겠지.

"왜 나한테만 말하는 거지? 부탁할 만한 사람은 나 말고도 있을 텐데."

지탄다가 눈을 크게 떴다. 나는 그 의미를 깨닫지 못하고 말했다.

"인해 전술을 쓰면 되잖아. 사토시하고 이바라, 네 다른 친구들한테도 부탁하면 되지 않겠냐?"

대답은 돌아오지 않았다. 내 완곡한 거절에 지탄다는 침묵했다. 고개를 수그리더니 들릴 듯 말 듯 한숨을 쉬고 입을 다물고 있다가 이윽고 나지막이 중얼거렸다.

"오레키 씨, 전 과거를 떠들고 다니는 취미는 없어요."

"……."

"이런 건 아무에게나 할 이야기가 아니죠."

흠칫했다. 그래, 당연한 일이었다.

지탄다는 왜 일부러 일요일에 남을 불러내 일대일로 이야기할 자리를 만들었나? 답은 간단하다. 삼촌에 대해 여러 사람에게 알리기 싫었기 때문이다. 왜 그렇게 생각했는지는 몰라도 지탄다는 나를 믿고 털어놓은 건데, 나는 인해 전술을 쓰라고 지껄였다.

남이 알면 창피해서 그런 것이 아니리라. 하지만 누구나 자기만의 비밀을 가지고 있지 않던가.

나는 얼굴이 붉어지는 것을 느끼며 머리를 숙여 사과했다.

"……미안하다."

지탄다는 미소를 지었다. 아마 용서해 주었을 것이다.

또다시 침묵이 흘렀다. 지탄다는 내 말을 기다리는 것이고, 나는 해야 할 말을 알지 못했다. 둘 사이로 커피의 김이 피어올랐다. 지탄다의 비엔나 코코아는 싸늘하게 식었는지 이제 김이 나지 않았다.

나는 잔을 잡았다. 그것이 긴장을 깼나 보다. 굳어 있던 지탄다의 표정이 풀렸다.

"제가 꽤나 터무니없는 소리를 하죠? 제 추억에 오레키 씨까지 끌어들이면 안 된다는 건 알아요. 하지만 전……."

"……."

"오레키 씨가 제 의문에 답해 주셨을 때…… 오레키 씨에게서 삼촌을 봤는지도 몰라요. 삼촌보다 훨씬 무뚝뚝하긴 해도 오레키 씨는 대답해 주셨죠. 그러니까…… 아뇨, 이러면 안 되는데요. 제가 지금 응석을 부리는 걸까요."

"졸업하기까지 삼 년이야. 그동안 천천히 찾으면 되지 않겠어? 도저히 안 될 것 같으면 나도 안 도와주진 않을 테니까."

지탄다는 힘없이 고개를 흔들었다.

"전 삼촌이 돌아가시기 전에 삼촌에 관해 기억해 내고 싶어요. 삼촌이 끝내 둘러댈 수 없었던 것, 제게 해 주신 말씀을 가슴에 품고 장례식에 임하고 싶어요."

"돌아가시기 전에?"

이상하다. 죽은 사람은 죽지 않는다. 행방불명된 사람도 죽지 않는다.

……아니다.

그래, 행방불명된 사람은 죽는다.

"삼촌이, 세키타니 준이 행방불명된 지 올해로 칠 년이에요. 아실지도 모르지만 칠 년간 생사가 불명이면 법적으로 사망했다고 처리할 수 있답니다. ……세키타니가에선 보통 실종 선고를 신청하고 조촐하게 장례식을 치를 예정이에요. 삼촌 문제가 매듭지어지는 거죠."

지탄다는 조그맣게 한숨을 쉬는가 싶더니 시선을 창밖으로 돌렸다. 나도 덩달아 그쪽을 보았지만 평범한 거리 풍경이 있을 뿐이었다.

커피를 또 한 모금 마셨다. 지탄다의 할 말은 이제 끝났으리라.

생각했다.

기억해 내고 싶은 과거가 있다. 즉, 기억해 낼 가치가 있는 과거가 있다는 뜻이다. 내 좌우명에 비추어 보면 꽤나 기이한 일이다 싶다. 눈앞에 있는 위기를 회피할 뿐인 내게 추억이 무슨 의미가 있겠나.

그러나 지탄다는 잃어버린 것을 과거에서 되찾으려 하고 있다. 생각해 보면 지탄다는 호기심으로 현재를 파헤치는 녀석이다. 그런 지탄다가 과거를 파고들고 싶어 하는 것은 이상할 것 없다. 삼촌의 영전에 바치는 공물로서, 그리고 아마도 그 이상으로 자신을 위해 지탄다는 과거를 파헤치려 하고 있다. 그런데 불행하게도 그것을 완수할 힘이 없다면.

아무리 생각해도 답이 나오지 않던 머릿속에 문득 누나가 보낸 편지의 한 구절이 떠올랐다.

— 어차피 하고 싶은 일도 없잖아?

……아무렴. 나는 에너지 절약주의자 호타로. 내가 하지 않아도 되는 일은 하지 않는다.

그렇다면 타인이 해야 하는 일을 돕는다고 이상할 것은 전혀 없지 않을까?

커피 잔을 내려놓고 애매한 기분을 정리하듯 손가락으로 튕겨 보았다. 두꺼운 도기 잔에서 둔탁한 소리가 났다. 거리를 바라보고 있던 지탄다의 주의가 내게 쏠렸다. 나는 지탄다에게 분명하게 이르듯 천천히 말했다.

"난 너에 대해 책임질 수 없어."

"?"

"그러니까 부탁을 들어주겠다는 말은 못 하겠다. 하지만 그 이야기를 마음속에 담아 두고 있다가 힌트가 될 만한 걸 발견하면 꼭 너한테 보고하겠어. 네가 그걸 해석하는 데 애먹을 것 같으면 그때도 돕고."

"……네."

"이렇게라도 괜찮다면 도우마."

지탄다가 몸을 똑바로 폈다. 그리고 사십오 도 각도로 인사했다.

"고맙습니다. 수고스러우시겠지만 잘 부탁드려요."

수고라.

나는 지탄다가 못 보게 고개를 돌리고 자조했다. 부탁을 거절하지 않은 것은 내가 생각해도 뜻밖이었다. 문득 그런 생각이 들었다. 그럴 마음은 물론 없지만 이 이야기를 하면 사토시는 뭐라고 할까. 녀석은 분명 눈을 동그랗게 뜨고 내가 모르는 어휘를 종횡무진으로 구사해 경악을 표현할 것이다. 호타로 같으면 당연히 단칼에 거절할 줄 알았는데, 라며.

그때 나는 녀석에게 뭐라고 설명할까.

나는 뭐라 감사의 말을 늘어놓고 있는 지탄다를 아랑곳하지 않고 그 생각만 하고 있었다. 코코아는 이미 오래전에 싸늘하게 식은 듯했고, 내 두 번째 커피 잔은 비어 있었다.

5

유서 깊은 고전부의 봉인

가미야마 고등학교는 대학 진학에 중점을 둔다고 자칭하지만, 진학률도 진학률을 높이기 위한 노력도 그에 미치지 못한다. 사설 전국 모의고사는 일 년에 한두 번 실시하고 보충 수업도 없다. 요즘 세상에 꽤나 느긋하다.

그렇지만 그런 가미 고에도 정기 고사만은 꼬박꼬박 찾아온다. 학창 시절 하면 장밋빛인 것처럼 학생의 적 하면 시험이다. 1학기 기말고사에 따른 특활 금지 명령으로 고전부도 활동을 쉬고 있었다. 원래 아무것도 하지 않았으니 평소 지내던 대로 있으면 그만일 것 같은데, 열쇠를 빌려 주지 않으니 어쩔 수 없다.

그 기말고사도 오늘로 끝났다. 나는 내 방 침대에 드러누워 멍하니 천장을 바라보고 있었다. 새하얀 천장은 여느 때와 다를 바 없었다.

시험 이야기가 나와서 말인데, 고전부원의 학업 능력이 제법 재미있다.

우선 후쿠베 사토시. 이 녀석은 쓸모없는 지식은 쓸데없이 풍부한 주제에 학업에는 관심이 눈곱만큼도 없다. 이번 기말고사 결과는 아직 나오지 않았으니 뭐라 말할 수 없지만, 중간고사 점수는 상당히 나빴던 모양이다. 당시 '일본인은 어째서 초서(사토시는 필기체라고 불렀다)를 일상적으로 사용하지 않게 되었는가'를 연구하느라 바빴기 때문이다. 사토시에게 중요한 것은 본인이 중요하다고 생각하는 것뿐이다. 분명 불손한 태도에, 장기적인 관점에서 보면 어리석은 일일지 모른다. 하지만 그것조차 사토시에게는 관심 밖일 것이다. 그것을 가리켜 자유인이라 하는 것은 너무 긍정적인 표현이다. 요컨대 녀석은 다용도 바보라는 이야기다.

만화 연구회 부원이면서 사토시를 따라 고전부에도 적을 둔 이바라 마야카는 소위 노력가형이다. 이바라는 자신이 틀리지 않았는지 항상 검증하기 때문에 자동적으로 성적이 상위권이다. 다만 더욱 연마해 최고의 경지에 달할 마음은 조금도 없는 것 같다. 요컨대 이바라는 보통 사람과는 조금 다른 의미에서 신경질적이다. 완벽주의자라 할 수 있을지 모른다. 이바라의 날카로운 독설은 결벽성의 반증이라고도 할 수 있다. 이바라는 의심한다. 따지고 추궁한다. 자기 자신에 대해서도 마찬가지라고 생각한다.

그리고 지탄다 에루는 늘 최상위권의 성적을 거둔다. 복도에 나붙는 상위권 학생의 성적에 따르면 학년 6등이다. 그냥 시험 성적만 좋은 게 아니라, 지탄다에게 고등학교 교육 내용은 미흡한 듯하다. 지탄다는 부품이 아니라 시스템을 알고 싶다고 말한 적이 있다. 그게 어떤 의미인지 잘은 모르겠지만, 막연히 그 말이 아가씨의 호기심을 설명한다는 생각이 든다. 삼촌에 관한 이야기로 말하자면, 삼촌이 한 말을 앎으로써 지탄다는 삼촌이라는 시스템에 대한 인식을 보완하고 싶은 것이라 할 수 있을지 모른다. 안다는 것은 본래 그런 것이겠지만, 지탄다는 그것을 의식적으로 하고 있다.

나는, 보통이다.

순위는 350명 중 175등. 농담처럼 딱 평균이다. 지탄다처럼 호기심을 갖고 상위권에 드는 것도, 사토시처럼 적극적 무관심으로 하위권에 속하는 것도 아니다. 이바라처럼 실수하는 게 싫어 그것을 극복하려는 생각도 없다. 시험공부는 눈곱만큼도 하지 않은 것도, 했다고 할 수 있을 만큼 한 것도 아니다. 나는 가끔 특이하다는 말을 듣는데, 그런 말을 한다는 것은 사람 보는 눈이 없다는 증거다. 나는 위쪽의 맑은 물도, 바닥에 가라앉은 앙금도 아니다. 상승도, 하강도 지향해 본 적이 없다. 그러고 보니 사토시의 말이 맞았다. '회색으로 살고 있는 건 호타로 너뿐인 것 같은데'.

학력만 그런 게 아니다. 특별 활동, 스포츠, 취미, 연애……. 요는 인간성의 문제이리라. 나무를 보고 숲을 보지 못한다는 말도 있지만, 하나를 보면 열을 안다는 말도 있다. 국어사전에도 이제 곧 등재될 텐데, 고교 생활 하면 장밋빛이다. 그리고 장미는 필 장소를 얻어야 비로소 장밋빛이 될 수 있다.

나는 적합한 토양이 아니다. 그뿐이다.

내 방 침대에 누워 멍하니 그런 생각을 하는데 아래층에서 소리가 들렸다. 우편함에 뭐가 떨어지는 소리다.

우편함을 열어 보러 내려갔다가 주춤했다. 저 빨강, 파랑, 하양 줄무늬로 테두리를 두른 봉투는 국제 우편 아닌가. 보낸 사람 이름을 볼 것까지도 없다. 오레키가에 국제 우편을 보내는 사람은 보나마나 오레키 도모에다. 이번에는 어디서 보냈지? 이스탄불?

그 자리에서 바로 뜯었다. 들어 있는 편지지 몇 장 중 내 것도 한 장 있었다.

오레키 호타로에게

전략

이스탄불에 있어. 문제가 좀 생겨서 일본 영사관에 틀어박혀 있는 바람에 구경은 아직 못 했지만.

분명히 재미있는 곳일 텐데 말이야. 이곳에서 타임머신을 손에 넣는다면 성문을 잠그러 그날로 가고 싶어. 그럼 역사가 바뀌려나? 난 역사가가 아니니까 if를 상상해도 안 될 거 없겠지?

이번 여행, 참 재미있어. 십 년 뒤 지금 이 시간을 후회하지 않을 거야.

고전부는 어때? 부원은 늘었니?

너 혼자라도 기죽으면 안 돼! 남자는 고독을 견디고 강해지는 거야.

혹시 누가 더 있다면, 잘됐네. 남자는 사람들 속에서 갈고 닦이는 거야.

그런데 마음에 걸리는 게 있어서 쓰는데.

너(희), 문집 만들 생각은 있니? 고전부는 매년 학교 축제 때 문집을 내곤 했는데 지금도 계속되고 있으려나?

계속되고 있다면, 제작 방법을 모를 수도 있겠다 싶어서. 고전부 문집은 도서실에 없거든.

찾으려면 동아리실을 찾아봐. 거기 안 쓰는 약품 금고가 있는데 과월호는 거기 들어 있어. 자물쇠는 고장 났으니까 번호 몰라도 돼.

프리슈티나에 도착하면 전화할게.

이만 총총.

오레키 도모에

일본 영사관에 틀어박혀 있다고? 누나여, 대체 무슨 짓을 한 거냐. 뭐, 걱정은 하지 않는다. 자세한 사정은 아버지에게 보내는 편지에 씌어 있을 것이다. 프리슈티나는 들어 본 적은 있는데 확실히 기억나지는 않는다. 누나가 가겠다는 것을 보면 어차피 유명하지 않은 옛날 전쟁터 같은 곳이리라.

그나저나……. 나는 한숨을 쉬었다. 누나는 내가 모르는 정보망을 펴서 나를 감시하고 있는 걸까. 아니면 고전부에 대대로 과월호에 관한 비밀이라도 전해지는 걸까. 우리는 실제로 과월호를 찾는 중이었으나 아직껏 발견하지 못했다.

지탄다의 사적인 과제는 저번에 들었고, 고전부 부장으로서 공적인 과제는 문집 작성이다. 도서실에 문집이 없다는 것을 알고 지탄다는 꽤나 낙심한 듯했다. 하지만 누나 말이 사실이라면 문집을 입수할 수 있다.

드디어 결과를 목직으로 삼아 그깃을 목적으로 결과를 만들어 낸다는 목적이 생긴 셈이다. 귀찮은 일이 하나 늘었다는 뜻이지만, 그렇다고 이 정보를 은폐하면 몰인정한 것이리라. 오레키 도모에의 편지는 여전히 내 생활에 혼란을 가져온다.

아무튼 편지는 옷걸이에 걸어 놓은 교복 바지에 쑤셔 넣었다.

이튿날 방과 후, 나는 당장 동아리실로 갔다. 시험이 끝난 데다 오랜만에 날씨가 맑아 어느 동아리나 기합이 들어 있었다. 운동장에서 각종 운동부의 구령이 들려오고, 교내에는 취주악부와 경음악부, 국악부의 준비 연습 소리가 울려 퍼진다. 겉보기로 눈에 띄는 것은 운동부 쪽이지만, 가미야마 고등학교 일대 이벤트, 간야제의 주역은 다채로운 문예계 동아리들이다. 방과 후 문예계 동아리들이 사용하는 특별동에서는 어디서나 인기척이 느껴진다.

특별동 꼭대기 층 맨 끝 방, 지학 교실에는 지탄다와 이바라가 있었다. 이 녀석들은 그때 도서실에서 처음 만난 것일텐데, 죽이 맞았는지 금세 친해졌다. 오늘도 창가에 의자를 마주 놓고 이야기에 열중하고 있다. 얼마 전부터 입기 시작한 하복 차림이 산뜻해 보인다. 반소매 밖으로 나온 이바라의 팔이 가무잡잡한 데 비해 지탄다는 희기만 하다. 슬슬 햇살에서 여름이 느껴지건만, 아가씨는 멜라닌 색소가 없는 걸까. 무슨 이야기를 하고 있나 귀 기울여 보았다.

"그러니까 분량이 적당해야 된다는 이야기야."

"동아리 문집도 받아 줄까요?"

"그건 괜찮아. 만연 쪽에 연줄이 있는 것 같으니까."

"그럼 부탁드려도 될까요?"

문집 이야기인가. 열심히들 하는군.

그때 지탄다가 갑자기 뻣뻣하게 굳더니 손으로 얼굴을 가렸다.

"……."

왜 저러지?

"……에취!"

재채기다. 그것도 대단히 조심스러운.

"에취! 에취!"

"괘, 괜찮아? 감기야? 꽃가루 알레르기?"

"……아, 이제 그쳤어요. 부끄럽지만 요새 감기 기운이 있어서……."

음. 여름 감기는 괴롭다. 그러고 보니 약간 코맹맹이 소리인 것도 같다.

아무튼 말을 걸었다.

"지탄다, 이바라."

"아, 오레키 씨."

"이바라, 너 만연 안 가도 되냐?"

"응, 그쪽은 일단락됐거든. 왜, 내가 있으면 방해돼?"

어인 연유로?

어쨌든.

나는 괜히 빙빙 돌리지 않고 바로 본론에 들어가기로 했다. 주머니에서 누나 편지를 꺼냈다.

"우리 누나가 고전부 출신인데, 편지로 문집의 소재를 가르쳐 주더라."

지탄다는 어리둥절한 표정을 지었다. 의미를 이해하지 못한 모양이다.

"고전부 문집이 어디 있는지 가르쳐 줬다고."

다시 한번 찬찬히 풀어 설명했다.

"그……."

지탄다가 눈을 동그랗게 뜨고 말을 잇지 못했다.

"그게 사실인가요?"

"그래. 무슨 이득이 있다고 거짓말을 하겠냐?"

내 단언하는데, 지탄다의 얇은 입술이 슥 웃는 모양을 지었다. 지탄다가의 품위 있는 영애는 만면에 웃음을 띠는 일은 없지만, 지금은 희로애락으로 말하자면 틀림없는 희다. 간절히 바라던 것이 손에 들어와도 나는 이런 표정은 못 지을 것 같다. 찻집 파인애플 샌드에서 심각함의 결정체 같은 표정이던 사람과 동일 인물 같지 않다.

"그런가요, 문집이……."

조그맣게 중얼거리는 목소리가 들렸다.

"……우후후, 과월호……."

지탄다 에루, 살짝 위험한 인물.

그러나 이바라는 눈살을 찌푸렸다.

"진짜야? 왜 굳이 편지로……."

지당하신 의문이다. 축제 자료의 소재 따위, 이스탄불에서 일부러 편지까지 보내 알려야 할 만큼 중요한 문제 같지 않다. 하지만 다른 사람도 아니고 누나다. 오레키 도모에가 무엇을 중요하다고 생각하는지 누가 알겠는가.

"편지가 온 건 사실이야. 내용의 진위까지는 알 수 없고. 볼래?"

편지를 펴 가까운 책상에 놓자 이바라와 지탄다가 다가왔다. 두 사람이 편지를 읽는 사이 침묵이 흘렀다. 침묵을 깬 사람은 지탄다였다.

"……터키를 좋아하시나요?"

"세계를 좋아해."

"멋진 누님이시네요."

흥미를 가질 만한 부분이기는 하겠으나 봐야 할 곳은 그곳이 아니다.

"'십 년 뒤 지금 이 시간을 후회하지 않을 거야'라. 어째 우울해지는 문장인걸."

그건 나도 동감이지만 그곳도 아니다.

편지를 읽던 두 사람이 거의 동시에 말했다.

"……약품 금고라고요?"

"약품 금고?"

이바라는 지학 교실을 한 바퀴 빙 둘러보더니 허리에 한 손을 얹고 몸을 살짝 젖혔다.

"흠, 여기엔 없나 보네."

"그러게."

그것은 알고 있었다. 그러나 지탄다는 순식간에 안색이 창백해졌다.

"네? 그, 그럼 문집은, 문집은……."

"지이, 진정해."

지이가 누군가 했으나 내가 아니면 지탄다일 게 틀림없다. 지이……. 저 이바라가 웬일로 귀여운 이름을. 녀석의 독기도 지탄다에게는 예외인가. 하긴, 지탄다를 상대로 막말을 하기는 아닌 게 아니라 어려울 것 같지만.

이바라가 달래는 옆에서 나는 누나의 편지를 흔들어 보였다.

"지탄다, 이 편지엔 '동아리실 약품 금고'라고 씌어 있었어. 누나가 졸업한 건 이 년 전이니까 그사이에 동아리실이 바뀌었겠지."

"아…… 그런가요."

"그래서 오레키, 이 년 전엔 동아리실이 어디였는지 아는 거야?"

그 부분은 빈틈없다. 교무실에 갈 일이 있어서 간 김에 물어봤다.

"지도 선생님한테 물어봤는데 생물 교실이라더라."

"웬일로 준비성이 있으셔."

"효율을 높였을 뿐이야."

"의욕이 넘치는구나."

그렇지 않다. 나는 일반적으로 의욕 넘치는 사람이 아니다.

"생물 교실……. 바로 아래층이네요. 당장 가 보죠!"

지탄다는 말 끝나기 무섭게 앞장서서 복도로 나갔다.

의욕이 넘치는 것은 저 녀석 담당이다.

생물 교실은 지탄다 말대로 지학 교실 바로 밑이다. 지학 교실은 특별동 4층 맨 끝으로 가미 고에서도 변방 중의 변방인데, 생물 교실도 4층 대신 3층일 뿐 외진 곳에 있는 것은 똑같다. 앞에서 특별동은 방과 후에도 인기척이 있다고 썼지만, 다른 특활 동아리실이 없는 지학 교실 부근만은 예외다. 보아하니 생물 교실 부근도 마찬가지인 듯했다. 복도에는 학생들이 활발히 오가는데, 여기서 더 가면 생물 교실과 빈 교실밖에 없는 지점을 지나자 우리만 남았다.

도중에 지탄다는 재채기를 몇 번 반복했다.

"감기가 심하냐?"

"걱정하실 정도는 아니에요. 재채기가 그치지 않고 코가 막혀 답답할 뿐……. 에취!"

나는 재채기가 어느 정도 호쾌하게 나와야 시원한데, 역시 아가씨는 다른가. 참으로 조신하기 그지없다.

앞서 걷던 이바라가 불현듯 돌아보았다.

"오레키, 열쇠는 있어?"

"아니, 누가 빌려 갔더라."

"에취! 빌려 갔다고요? 그럼 어느 동아리에서 생물 교실을 쓰고 있다는 뜻일까요?"

"어느 얼간이가 빌려 가서 돌려놓지 않은 게 아니면 그럴지도 모르지."

"얼간이라니…… 오레키 씨, 말씀이 너무 심하세요."

야단맞았다. 이 정도가 안 된다면 사토시나 이바라는 입도 벙긋 못 할 것이다. 쓴웃음을 지으며 고개를 내젓는데, 복도 벽 앞에 놓여 있는 묘한 것이 보였다. 뭐냐, 이게. 지탄다와 이바라는 알아차리지 못한 것 같은데. 조그만 상자였다. 벽과 똑같이 흰색으로 칠해서 눈에 띄지 않는다. 주위를 둘러보니 복도 반대쪽에도 똑같은 상자가 있다. 누가 실수로 떨어뜨렸나? 딱히 귀중품 같지는 않으므로 신경 쓰지 않기로 했다.

일 엔 이하의 물건을 줍기 위해 몸을 굽히는 데 필요한 에너지 소비량이 일 엔어치를 웃돈다는 것은 에너지 절약주의자들에게 상식이다.

생물 교실 앞에 섰다. 노크할 필요는 없다고 판단했는지 지탄다가 바로 문을 열려 했다. 그런데.

"어머나?"

열리지 않는다.

"안 열리는데요."

"안 열리나 보네."

두 사람의 시선이 내게 쏠렸다. 지탄다의 불안 어린 시선과 이바라의 싸늘한 시선. 그런 눈으로 쳐다본들 나더러 어쩌라고.

"아니, 정말 열쇠가 없었다고. 안 열리면 나도 모른다."

다시 한번, 이번에는 이바라가 문을 당겼다. 물론 이번에도 턱 하는 소리에 가로막혔다. 내가 하고 싶은 말을 마침 지탄다가 해 주었다.

"……또?"

그래, 또?

"지이, '또'라니?"

"아, 네, 사월에 있었던 일인데요……."

내가 그런 건지, 지탄다가 그런 건지 가미 고 문에 어지간히 저주를 받았나 보다. 지탄다가 사월 이야기를 하는 동안 나는 열쇠가 없으면 어쩔 수 없지, 나중에 다시 올까, 하고 생각하고 있었다.

"……그렇게 된 일이에요."

"저런, 오레키가 그런 일을 다 해?"

발길을 돌리려다가 마지막으로 농담 삼아 문 안쪽을 향해 불러 보았다.

"아무도 안 계신가요?"

물론 대답을 기대하고 한 일이 아니다.

그러나 뜻밖에도 대답이 돌아왔다. 말이 아니라 잠금장치가 열리는 둔탁한 소리였다.

"음?"

문이 열렸다.

교복 바지에 얇은 셔츠를 입은 남자가 서 있었다. 키가 훌쩍 크고 의외로 멋지다. 타입으로 따지자면 운동선수라기보다 인텔리겐치아라고 할까. 남자는 우리 옷깃에 달린 학년 배지를 확인하고 붙임성 있게 웃었다.

"아, 미안하다. 문을 잠그고 있었어. 우리 벽신문부에 들어오려고?"

안에 있으면 좀 바로 열지? 나는 속으로 그렇게 생각하면서도 입으로는 다른 말을 했다.

"여기가 벽신문부 동아리실인가요?"

"그래. 신입 부원이 아냐?"

남자는 교실에서 나오더니 등 뒤로 문을 닫았다. 그때 문득 소독용 알코올 비슷한 냄새를 맡았다. 이 인텔리겐치아는 체취에도 신경을 쓰는 모양이다. 내가 코를 벌름거리는 게 마음에 안 드는지 남자가 순간 눈살을 찌푸렸으나 금세 붙임성을 되찾았다.

"그럼 무슨 볼일이라도 있어?"

우리는 서로 마주 보았다. 부장으로서 지탄다가 한 발짝 앞으로 나섰다.

"안녕하세요. 저희는 고전부고 저는 부장인 지탄다 에루예요. 3학년 E반 도가이토 선배시죠?"

도가이토라고 불린 남자는 의아스레 눈살을 찌푸렸다.

"어떻게 내 이름을 알았지?"

지당하신 의문이다. 모르는 사람이 갑자기 이름을 부르면 보통 이상하게 생각하기 마련이다. 요컨대 사월의 내 심경이라고 할까. 지탄다는 그때 내게 보였던 것 같은 미소를 띠었다.

"작년에 만닌바시 씨 댁에서 뵌 적이 있거든요."

"만닌바시 집에서…… 잠깐, 지탄다랬지? 혹시 간다의 지탄다?"

"네. 저희 아버지가 신세가 많습니다."

……음, 무슨 사교계의 대화 같다. 지탄다의 집은 구가라고는 해도 농가라고 들었던 터라 사교적인 집안은 별로 아닐 줄 알았는데, 그렇지도 않은 것 같다. 하여간 자기가 나고 자란 환경에만 머물러서는 알 수 없는 세계란 게 정말 존재하는 모양이다. 그러고 보니 전에 사토시가 가미야마의 구가 명가를 열거한 적이 있는데, 그중에 도가이토가도 있었던가?

"아, 응, 이쪽이야말로. 그렇군, 지탄다가의……."

"네. ……에취!"

"감기냐? 저런, 그건 안 좋은걸. 응, 안 좋아."

묘하게도 지탄다가 '호농 지탄다가'의 지탄다 에루라는 것을 알자 도가이토의 태도가 이상해졌다. 붙임성 있는 것은 변함없는데 시선이 침착함을 잃고 흔들렸다. 지탄다를 겁내는 건가? 나는 상상도 가지 않지만 명가들 사이에는 그 정도로 명확한 세력 관계가 있는 걸까? 기분 탓인지 모르지만, 도가이토는 지탄다와 눈을 마주치고 싶지 않은지 고개를 들지 않은 채 말했다.

"그래서 무슨 일로 온 거냐?"

한편 지탄다는 도가이토의 표정 따위 개의치 않고 이야기를 꺼냈다.

“실은 여기 생물 교실에 고전부 문집 과월호가 보관돼 있다고 들어서요. 여기는 전에 고전부 동아리실이었다죠?”

“……내가 1학년 때는 그랬을걸. 작년에 이 부 저 부 동아리실이 바뀌었거든.”

“그럼 고전부 문집을 보셨나요?”

도가이토는 잠시 침묵했다가 대답했다.

“아니, 못 봤는데.”

두 사람의 이야기를 잠자코 듣고 있던 이바라가 내게 눈짓했다. 나는 살짝 고개를 끄덕였다. 웬만한 감이 있는 녀석이면 방금 전 도가이토의 태도에서 수상쩍은 느낌을 받지 않았을 리 없다.

“그런가요…….”

웬만한 사람 이상의 기억력과 웬만하지 못한 감을 가진 지탄다가 풀 죽어 물러나려는데 이바라가 나섰다.

“저, 선배, 잠깐 저희가 동아리실을 둘러봐도 될까요?”

“넌 누구지?”

“고전부 이바라 마야카예요. 문집은 도가이토 선배한테 쓸모없는 물건이니까 혹시 못 보고 넘어갔을 수도 있잖아요?”

나도 성과를 거둘 가망이 있는데 허탕 치기는 싫은지라 거들었다.

"특활에 방해되지 않을 정도로 하겠습니다. 아니면 뭐 하고 계신 일이라도 있었나요?"

"부탁드려요."

"저도요."

우리가 잇따라 부탁하자 도가이토는 떨떠름한 표정을 지었다.

"외부 사람이 들어오는 건 좀 그런데……."

그 말을 듣고 이바라가 씩 웃었다.

"그렇지만 선배, 여기는 동아리실이기 전에 교실이잖아요?"

나는 웃음이 나려는 것을 억지로 참았다. 이바라는 우회적으로 네게 학생이 교실에 들어가는 것을 막을 권리는 없다고 말하는 셈이다. 도가이토는 그래도 망설이는 듯 보였으나, 이바라가 은근슬쩍 한 발짝 다가서자 비로소 양보했다.

"……알았어. 그래, 찾아봐. 하지만 너무 어지럽히진 말고."

벽신문부 부장은 생물 교실 문을 열었다.

생물 교실은 지학 교실과 구조가 거의 같았다. 놓여 있는 물건도 별로 다르지 않다. 칠판, 책걸상, 청소도구함. 다만 교실 한옆에 문이 하나 더 있는 게 달랐다. 문 위에 붙은 표찰에 따르면 '생물 자료실'인 것 같다. 4층의 경우, 그곳에는 창고가 있고 지학 교실에서 들어갈 수는 없었던 것으로 기억한다.

그나저나 벽신문부라는데 다른 부원은 보이지 않았다. 그 점에 관해 도가이토에게 질문했다.

"부원은 네 명 있는데 오늘은 활동이 없는 날이거든. 난 간야제 특별호의 특집으로 뭘 할지 생각하고 있었어."

간야제. 간야제가 개최되는 시월까지 약 두 달 반 남았다.

"벽신문부는 신문부와 다른가요?"

지탄다가 다소 이 자리에 어울리지 않는 질문을 했다. 도가이토는 붙임성 있게 대답했다.

"가미 고엔 신문이 세 개 있어. 격월 발행으로 각 교실에 배포되는《청류》, 부정기적으로 학생회실 앞에 나붙는《가미 고 학생회 신문》. 그리고 또 하나가 팔월과 십이월을 제외하고 매월 현관 앞에 붙는《가미 고 월보》. 우리가 만드는 건 마지막《가미 고 월보》야."

"나머지 두 개는 어디서 만들죠?"

"《청류》가 신문부.《가미 고 학생회 신문》이 학생회. 역사는 그래도 우리가 가장 길다고. 《가미 고 월보》는 벌써 400호 가깝게 나왔지만, 나머지 둘은 아직 100호까지도 못 갔으니까."

400호라. 벽신문부의 혈맥도 연면히 이어지고 있군. 그러고 보니 지탄다의 삼촌이 삼십삼 년 전 고전부원이었다면 고전부의 역사도 최소 삼십삼 년을 넘었다는 이야기다. 내 인생을 한 번 더 살아도 고전부의 역사에 미치지 못한다는 계산이다. 뭐, 그렇다고 뭐가 어떻다는 것은 아니지만.

"여기엔 없는 것 같은데."

이바라가 대충 훑어보고 결론을 내렸다. 물건이 얼마 없는 생물 교실에는 사각이 거의 없으니 빈틈없는 이바라가 확인하고 다녔다면 빠뜨린 곳이 있을 것 같지 않다. 그렇다면 자료실이다. 나는 그쪽으로 다가가며 물었다.

"자료실도 볼게요."

"……그래."

어깨 너머로 도가이토의 목소리를 들으며 자료실로 들어섰다. 종이가 스치는 듯한 작은 소리와 모터 소리가 들렸다. 뭐지?

여느 자료실처럼 작은 방이었다. 면적은 생물 교실의 3분의 1도 안 될 것 같다.

원래는 생물 수업에 쓰는 비품을 보관하는 방이겠으나, 비품다운 비품이라곤 선반에 몇 개 있는 현미경 정도다. 가미고가 어지간히 이론 수업을 중시하는 게 아니라면 관찰 기구며 실험 기구를 보관하는 다른 방이 있을 것이다. 그런 본래의 주인 대신 이 방에 있는 것은 벽신문부에서 쓰는 도구 일습이었다.

문외한의 눈에도 값이 제법 나갈 듯한 카메라, 다양한 색과 굵기의 펜이 든 연필꽂이, 복사한 종이를 난잡하게 쑤셔 넣은 상자. 작은 스피커. 무엇보다도 눈에 띄는 것은 좁은 방 한복판에 떡하니 놓인 즉석 테이블이었다. 말이 테이블이지, 상자를 쌓고 그 위에 두꺼운 베니어판을 얹은 매우 간단한 물건이다. 그 위에 본인만이 읽을 수 있을 듯한 약자로 메워진 B1 용지가 펼쳐져 있고 알루미늄 필통이 문진처럼 놓여 있었다. 바스락바스락 소리는 B1 용지가 바람에 날리는 소리라는 것을 알았다.

바람?

바람이 불고 있다. 하나뿐인 창문은 열려 있지만, 바람은 실내에서 창문 쪽으로 불고 있다. 바람을 자아내고 있는 것은 아까부터 윙윙거리고 있는 모터 소리의 발생원이다. 상자들 틈에 있어 언뜻 보면 잘 보이지 않지만, 즉석 테이블을 끼고

창 반대편에 조그만 선풍기가 있었다. 바람은 '강'으로 맞춰져 있다.

그리고 그 바람에 펄럭이는 것이 또 하나 있었다. 창가에 가미 고 남학생의 하복 셔츠가 놓여 있다. 아무렇게나 휙 던져 놓은 것처럼.

"……?"

"오레키, 어때?"

자료실 입구를 돌아보자 지탄다와 이바라가 서 있었다.

아, 그렇지. 어쨌든 약품 금고를 찾아야 한다.

그래 봤자 난잡하게 어질러져 있기는 해도 좁은 방이다 보니 찾고 뭐고 할 것도 없다. 금고에 해당되는 물건은 어디에도 없었다. 약품 금고라 하면 아무리 잠금장치가 고장 난 구식이라도 크기가 제법 될 것이다. 눈에 보이는 곳에 있는데 못 보고 넘어갈 리는 없다.

흠.

나는 팔짱을 끼고 조금 떨어진 곳에서 우리의 동향을 지켜보고 있는 도가이토에게 물었다.

"작년에 왜 동아리실이 바뀌었는지 아십니까?"

"아니, 몰라. 없어진 동아리가 몇 개 있어서 그렇겠지."

"동아리실이 바뀔 때 짐을 옮기지는 않았고요?"

도가이토는 잠시 생각하더니 말했다.

"……그러고 보니 상자 몇 개를 옮겼군."

"상자요?"

"그래."

그렇다면 역시 맞는지도 모르겠다. 도가이토가가 어떤 방면으로 명가였는지 잊어버렸지만, 그 집 사정 여하에 따라서는 내가 생각하는 일도 충분히 있을 법하겠다.

문집의 소재는 대충 알 수 있을 것 같다. 하지만 그것을 손에 넣기는 약간 까다롭겠다. 음, 슬쩍 찔러볼까? 나는 다시 도가이토를 돌아보았다.

"선배, 이 방에 물건이 워낙 많아서 찾는 데 시간이 걸릴 것 같습니다. 괜찮으시다면 오이데 선생님께도 부탁드려 철저하게 수색해 보고 싶은데 그래도 될까요?"

매우 진지한 표정으로 그렇게 말하자 도가이토의 눈썹이 꿈틀했다.

"……그건 안 돼. 너무 어지럽히지 말라고 했을 텐데."

"제가 책임지고 전부 원 상태로 돌려놓을 테니까 부탁드립니다."

"안 된다니까!"

별안간 언성을 높였다.

"죄송합니다, 도가이토 선배. 됐어요. 없으면 어쩔 수 없죠."

지탄다가 코맹맹이 소리로 애써 무마하려 했으나 도가이토의 목소리는 더욱더 커졌다.

"도대체가, 난 바쁜 몸이라고. 내일 편집 회의 전까지 아이디어를 생각해야 해. 기껏 뭔가 생각날 듯했는데 쳐들어와선 철저한 수색은 무슨. 너희 문집은 여기 없으니까 알았으면 당장 나가!"

도가이토가 흥분하는 것과 대조적으로 내 마음은 싸늘하게 식어 갔다. 도가이토는 보기 좋게 내가 놓은 덫에 걸려든 것이다.

나는 도가이토를 똑바로 보며 입가에만 우호적인 웃음을 머금었다.

"선배, 저희가 관심 있는 건 약품 금고 속에 든 내용물뿐입니다."

"……뭐야?"

"약품 금고에 문집이 있을 텐데, 선배가 없다고 하신다면 어쩔 수 없군요. 그것만 있으면 선배를 귀찮게 할 일도 없을 텐데요."

그러고는 스스로도 웃음이 날 정도로 뻔뻔하게 덧붙였다.

"그런데 선배, 저희는 이제 도서실에 볼일이 있는데, 혹시 저희가 가고 나서라도 문집이 나오면 지학 교실에 갖다 놔 주시지 않겠습니까? 문은 열려 있거든요."

도가이토는 내 제안에 이번에야말로 진짜 분노한 듯했다. 지적인 얼굴을 일그러뜨리고 나를 노려보았다. 나는 아무렇지도 않게 그것을 받아넘겼다. 동서고금을 통틀어 시선으로 다친 사람은 없다.

"너, 너, 날……."

"선배를?"

대단한 자제력이다. 도가이토는 뒷말을 꿀꺽 삼켰다.

숨을 토해 내자 얼굴에 조금 전의 붙임성 있는 표정이 돌아왔다.

"알았다. 나오면 그러마."

"부탁드립니다. ……자, 가자. 지탄다, 이바라."

나와 도가이토의 대화를 이해하지 못한 듯 어리둥절해하는 두 사람을 재촉했다. 오래 있어 봤자 좋을 것 없다.

"아니, 잠깐."

"오레키 씨, 방금 그 말은……."

"이야기는 나중에 하고."

짤막하게 말하고는 두 사람을 데리고 생물 교실을 나서려

했다.

뒤에서 목소리가 들려왔다.

"거기 1학년. 네 이름만 못 들었는데."

나는 돌아보고 무관심한 목소리로 대답했다.

"오레키 호타로. ……죄송하다곤 생각합니다."

특별동과 일반동을 잇는 연결 통로에서 나는 적당히 벽에 기대섰다. 나를 따라온 두 사람에게도 이 부근에서 시간을 죽이자고 제안했다.

"오레키, 뭐가 어떻게 된 건지는 모르겠지만 도서실에 가는 거 아니었어?"

나는 손을 팔랑팔랑 흔들었다.

"안 가. 거기까지 갈 필요 없어."

"무슨 소리인지 모르겠네. 안 가도 되는 거면 먼저 동아리실에 가 있을게."

"안 돼. 좀 더 기다리는 게 좋아."

그것만으로는 도무지 납득할 수 없는 듯했지만, 이바라는 "뭔가 속셈이 있구나" 하고 중얼거리고 내 말에 따라 주었다. 대신 지탄다가 코를 훌쩍거리며 추궁했다.

"오레키 씨, 도가이토 선배가 화나셨잖아요."

"그런가?"

"아닌 게 아니라 우리가 문집을 만드는 데는 과월호가 있는 편이 훨씬 낫지만, 그렇게 억지로 부탁할 것까지는……."

"그게 그렇게 억지였나? 상식적인 범주 내였다고 생각하는데."

지탄다는 뭐라 말하려다가 말을 잇지 못했다. 그야 그럴 만도 하다. 내가 한 말이라고는 '문집을 찾아보게 해 달라'와 '나오면 갖다 달라' 이 두 가지뿐이다.

"하지만, 하지만 도가이토 선배는 화나셨어요."

"맞아, 화났어."

지탄다 옆에서 이바라가 살짝 눈살을 찌푸렸다.

"그렇지만 찾아보게 해 달라고 오레키가 부탁했을 때 화낸 건 어째 부자연스럽던걸."

오, 눈치챘냐.

"그랬나요?"

이쪽은 역시 눈치 못 챈 것 같지만.

복도에 걸린 시계를 보았다. 삼 분 지났나. 슬슬 됐으려나. 나는 몸을 일으키고 마지막으로 지탄다에게 물었다.

"지탄다, 도가이토가는 어느 방면으로 유명한 집안이냐?"

지탄다는 왜 그런 것을 묻느냐는 듯 고개를 갸웃하면서도 가르쳐 주었다.

"도가이토가요? 중등 교육에 영향력이 있는 집안이랍니다. 현縣 교육 위원회에 한 명 있고, 시에도 한 명. 교장 한 명에 현역 교사가 두 명쯤 있다고 알고 있어요."

아하.

"그래서 오레키, 문집은 어떻게 된 거야?"

나는 대답했다.

"슬슬 동아리실에 와 있지 않을까?"

그 말을 듣고 지탄다와 이바라가 마주 보았다. 나는 보일 듯 말 듯 웃었다.

지학 교실.

"오, 왔다."

내가 노린 대로 됐다. 교단 위에 얇은 공책 같은 것이 몇십 권 쌓여 있다. 무심결에 "성공!" 하고 나지막이 말했다. 음모도 이 정도로 완벽하게 성공하면 제법 기분이 상쾌하다.

"왔다니, 설마."

이바라가 교단으로 달려왔다. 무더기 맨 위에 놓인 공책을 집더니 망연히 중얼거렸다.

"……진짜 문집이잖아."

"네? 네? 저도, 저도 보여 주세요!"

"오레키, 대체 어떻게 한 거니? 너 뭘 알고 있었던 거야?"

이바라의 험악한 말투는 마치 나를 비난하는 것 같다. 너무 얼버무리기만 하는 것도 미안해서 가까운 책상에 걸터앉아 말했다.

"그냥 좀 협박한 것뿐이야."

"협박? 벽신문부 부장을?"

"그래. 이바라, 너 입은 무거운 편이냐?"

그렇게 묻자 이바라는 울컥한 표정을 지었다.

"가벼운 편은 아니라고 생각하는데."

"그것만으론 불안한걸. 도가이토가 1학년의 심부름까지 해 주면서 알려지길 원치 않았던 비밀인데 지켜 줘야지, 안 그러면 너무 불쌍하잖냐."

"아무한테도 말 안 할게. ……못 믿겠으면 말 안 해도 돼."

이바라가 무뚝뚝하게 말했다. 거짓말이 아니리라. 지탄다와는 달리 이바라는 딱히 호기심을 우선하지 않는다. 자신이 이야기해서 문제가 생긴다면 구태여 듣지 않아도 된다고 냉정하게 생각할 수 있는 녀석이다.

일단 못을 박아 두기는 했지만 이바라도, 그리고 지탄다도 입 가벼운 녀석은 아니다.

"미안하다. 그래서 말인데 이바라 넌 이상하다는 생각 안 들었어? 도가이토는 왜 문을 잠그고 있었지?"

이바라는 무뚝뚝한 표정 그대로 대답했다.

"방해받기 싫었나 보지. 특집 기사의 안을 짜고 있다고 했잖아."

"그럼 자료실은 어때? 창문을 열고 선풍기를 돌리고 있었어."

"더위를 타나 보다고 생각했는데."

"그럼 선풍기를 창문 쪽에 두면 될 텐데. 하지만 실제로는 창문 반대쪽에 있었어. 그래선 문진으로 쓰는 알루미늄 필통을 자칫 잘못 움직였다간 테이블 위의 B1 용지가 날아갈 수도 있는데 말이지."

이바라는 짜증스레 머리를 쓸어 올렸다.

"그래서 뭐?"

"모르겠냐? 도가이토가 뭘 하고 싶었는지?"

"그 정도 들으면 알아. 환기라는 거지? 실내 공기를 갈고 싶었던 거 아냐?"

나는 가볍게 엄지를 쳐들어 이바라에게 찬사를 보냈다. 당사자는 별로 재미없다는 듯 시선을 돌렸을 뿐이지만.

"그럼 어째서 환기를 했나. 더 말해 볼까. 어째서 교육계

중진의 집안에 태어난 도가이토는 동아리실에 혼자 있으면서 문을 잠그고 적외선 센서를 설치해……."

"자, 잠깐! 적외선 센서라니 무슨 소리야? 너 스파이 소설을 너무 많이 읽은 거 아니니?"

아, 설명하지 않았던가?

"너야말로 장난감 가게 광고도 안 보냐? 적외선 빔을 뭐가 가로지르면 경보가 울리는 장치쯤은 요즘 세상에 오천 엔이면 거뜬하게 산다고. 거스름돈도 받을 거다."

"대체 어디에 그런 게 있었는데?"

"3층 복도의 벽신문부 동아리실 인저리에 흰 상자로 위장해서. 그것뿐이었다면 몰랐겠지만, 다른 상황 증거하고 자료실에 있던 스피커를 합쳐 생각해 보면 십중팔구 아마 그렇게 된 일일 거다."

이바라는 눈살을 잔뜩 찌푸렸다.

"역시 너 이상해."

"전형적인 일반인을 붙들고 무슨 그런 소리를. ……어디까지 이야기했더라? 아, 그래, 적외선 센서를 설치해 접근하는 사람을 일찌감치 감지하고, 누가 접근하자마자 B1 용지가 날아갈 위험을 감수하면서까지 어째서 환기를 감행했는가. 어때, 이바라."

이바라가 생각에 잠겼다. 나는 잠시 기다렸다.

이윽고 이바라는 평소의 독설이 믿기지 않을 만큼 얌전한 목소리로 대답했다.

"……냄새?"

나는 가볍게 두세 번 손뼉을 쳤다.

"그래, 냄새를 없애고 싶었다는 게 타당한 답이겠지. 그렇게 생각하면 녀석이 탈취 스프레이의 알코올 냄새를 풍기고 있었던 것도 결벽 때문이 아니었을 것 같거든. 그럼 그렇게까지 해서 없애고 싶은 냄새가 뭐겠냐? 위험한 약물을 쓰는 것 같지는 않았고 말이지."

"그럼……."

"그래. 담배구나 싶었어. ……요즘 세상에 담배 정도로 참 유난스럽다 싶지만, 도가이토가가 명가라는 점을 생각할 때 그 집 아들이 불법 행위를 하다 발각되면 곤란할 수도 있겠지. 하물며 도가이토가는 고등학교 교육 관계자라잖아? 요새 의사랑 교원, 경찰관은 하품만 해도 몰매를 맞으니 말이다."

"……그렇구나. 만약 그런 거라면 그 선배도 고생이 심하네."

과연. 나도 그렇게 생각한다. 환경이 다르면 문제가 되는 것도 다르다는 뜻일까. 그러고 보니 지탄다가 지탄다가의 딸이라는 것을 알았을 때 도가이토가 동요했던 것도, 만에 하나 자신의 소행이 들통 났을 때 상대방이 구가 명가 쪽으로 연고가 있는 인물이면 곤란하다는 의식의 발로였을지 모른다. 아니면 혹시 지탄다의 감각이 예민한 것을 알고 있었나. 만약 지탄다가 감기에 걸리지 않아 후각이 정상이었다면, 탈취를 하건 환기를 하건 교복 셔츠까지 벗어 경계하건 분명 사실을 간파했을 것이다.

"뭐, 그렇게까지 해서 교내에서 담배를 피우고 싶은 마음은 이해가 안 된다만. 이제 됐냐?"

그렇게 말하자 이바라의 눈빛이 달라졌다. 얼음장처럼 싸늘한 시선이 이바라의 진면목이다.

"난 말이지, 도가이토 선배가 뭘 하고 있었는지가 아니라 어째서 문집이 여기 있는지를 물은 거야. 네가 담배를 가지고 암암리에 선배를 협박해서 문집을 갖다 놓게 했다는 건 알겠어. 근데 선배는 왜 문집을 숨긴 거야? 결국 어디 있었던 건데?"

그렇군. 잊어버리고 있었다. 나는 딱 잘라 말했다.

"약품 금고 안이겠지."

"오, 레, 키."

"아, 아니, 장난이 아니라 진짜로. 문제는 약품 금고가 어디 있느냐는 거였어. 도가이토는 동아리실을 옮길 때 내간 건 상자뿐이라고 대답했어. 여기에 관해선 도가이토가 거짓말을 할 이유가 없으니 실제로 그랬겠지. 그럼 약품 금고는 그곳에 있다는 뜻이야."

"……없는 것 같던데."

"없는 게 아니야. 안 보였던 거지. 금고도 숨겨져 있었어. 문집이 아니라 금고가 숨겨져 있었던 거야."

나는 그 말의 의미가 이바라의 머릿속에 침투하기를 기다려 뒷말을 이었다.

"그게 결과적으로 문집을 숨긴 게 된 거지. 어째서 금고를 숨겼느냐 하면, 물론 담배하고 상관있어. 그 방엔 담배도, 라이터도, 재떨이도 없었지. 십중팔구 금고 속에 들어 있을 거다. 내가 '오이데 선생님께도 부탁드려' 동아리실을 수색하겠다고 했을 때 도가이토의 얼굴 봤지? 뭐, 금고가 어디 있었는지는 아무래도 상관없지만 아마 간이 테이블 밑이었을 거다. 상자로 덮어 감춘 거야."

이야기를 마치고 한숨을 내쉬었다.

도가이토에게 미안하게 됐다. 불평등한 거래를 강요했다고 생각하지는 않지만 비밀을 폭로한 것은 틀림없다. 사람마다 각자 사정이 있게 마련인데 그 사정을 이용하다니 나도 몹쓸 인간이다. 뭐, 운이 나빴다고 해 두자.

이바라가 뭐라 투덜대는 가운데, 원래라면 이런 종류의 이야기에 가장 관심을 보일 녀석이 조용하다는 것을 깨달았다. 그쪽을 돌아보았다.

"지탄다?"

지탄다는 교단에 놓인 문집을 보고 있었다. 펴지도 않고 표지를 골똘히 보고 있다. 그 진지한 눈초리를 보니 파인애플 샌드에서 만났을 때가 생각났다. 이 상태라면 내 이야기가 귀에 들어오지 않았을 게 틀림없다.

"왜 그러냐, 지탄다?"

불러도 들리지 않는 것 같기에 하는 수 없이 지탄다에게 다가가 어깨를 쳤다.

"뭐가 있냐?"

"아, 오레키 씨……. 이걸 보세요."

지탄다는 들고 있던 문집을 내게 내밀었다.

대학 노트 정도 되는 크기에 두께는 얇다고 할 수 있을 것 같다. 제본은 물론 중철이지만, 인쇄소에서 제작한 듯 만듦새는 그럴싸했다. 가죽 장정 같은 느낌을 낸 갈색 표지에는 수묵화풍으로 데포르메한 개와 토끼를 그렸다.

많은 토끼들이 원을 그리며 에워싼 가운데 개 한 마리와 토끼 한 마리가 서로를 물고 있었다. 개의 엄니는 토끼의 몸통을 물어뜯을 듯하고, 토끼의 날카로운 앞니는 개의 목덜미에 깊숙이 박혀 있다. 데포르메로 표현된 덕분에 처참함이 없는 것이, 우스꽝스럽기도 하고 또 섬뜩하기도 했다. 토사구팽이라는 명언이 있는데, 여기서는 토끼와 사냥개가 서로 치고받고 있다. 두 마리를 둘러싼 토끼들이 그 광경을 묘하게 귀여운 몸짓으로 바라보고 있다.

그림 위에 글자가 있다. 아무 장식이 없는 무덤덤한 명조체로 '빙과 제2호'라고 씌어 있었다. 발행은 1968년. 오래전이다. 그리고 이 제목.

"빙과?"

이게 문집 제목인가?

"제목이 묘한데."

"그러게, 종잡을 수 없는 제목인걸."

이바라가 내 어깨 너머로 보며 동의했다.

간야제라는 이름을 들었을 때도 생각했는데, 이름에는 당연히 그 나름의 의미가 있게 마련이다. 하물며 문집처럼 새로 이름을 붙인 것이라면 내용과 명칭의 관계성이 짙어야 할 것이다. 그러나 나는 '고전부 문집'과 '빙과' 사이에 아무런 연관을 찾아낼 수 없었다. 고전부가 아무리 목적 불명의 수수께끼의 동아리라 해도 종잡을 수 없는 제목이라는 것이 적절한 평가이리라.

표지 그림을 가리키며 이바라에게 물어보았다.

"이바라, 만연 부원으로서 이 표지, 어떻게 생각하냐?"

"잘 그렸어. 기본적인 데생이랑 원근법 같은 건 완전히 무시했지만 잘 그렸다고 생각해. ……아니, 잘 그렸다기보다 마음에 드는걸."

나는 약간 놀랐다. 이바라는 자신의 취향을 솔직히 말하는 녀석이 아니라고 생각했기 때문이다. 그 정도로 이 표지는 이바라에게 깊은 인상을 주었다는 뜻일까. 그러나 '마음에 든다'라는 말 한마디로 끝내는 것은 본인이 용납할 수 없는지, 이바라는 《빙과》를 내게 돌려주며 중얼중얼 자기 분석을 시작했다.

"응, 마음에 든다고 할지, 아름다운 건 아니지만…… 박력이 있어. 예술이 아니라 미디어야."

한편 지탄다는 염원하던 과월호를 손에 넣어 감격에 겨운 건가 했더니 그것은 아닌 듯했다. 기뻐하는 것도, 슬퍼하는 것도 아니고 감정을 흡혈귀에게 모조리 빨린 것처럼 무표정했다.

나는 다시 한번 물었다.

"지탄다, 이게 왜?"

지탄다는 나를 교실 구석으로 데리고 갔다.

"이거예요."

"뭐가?"

주황색 석양빛을 정면으로 받아 그림자가 드리워진 아가씨는 호기심에 눈을 반짝이지 않는 청초한 표정이었다. 지탄다는 비밀을 털어놓듯 속삭였다.

"전 이걸 발견했던 거예요. 삼촌께 보여 드렸던 건 이거였어요. 전 이걸 들고 가서 삼촌께 이게 뭐냐고 여쭤 봤어요."

호오.

"기억났냐?"

지탄다는 그 물음에는 대답하지 않고 내가 든 《빙과》 제2호를 가리켰다.

"여기에 삼촌에 관한 이야기가 실려 있어요. 무슨 일이 있었던 거예요. 삼십삼 년 전, 여기 고전부에서. ……표지를 넘겨 보세요."

시키는 대로 한 장 넘겼다. 서문이 나왔다. 이런 글이었다.

서문

올해도 축제가 찾아왔다.

세키타니 선배가 떠난 지 벌써 일 년이다.

일 년 사이에 선배는 영웅에서 전설이 되었다. 축제는 올해도 닷새간 성대하게 거행된다.

그러나 전설에 열광하는 학교 한구석에서 나는 생각한다. 예컨대 십 년 뒤 누가 그 조용했던 투사, 다정했던 영웅을 기억할 것인가. 최후의 날 선배가 명명하고 간 이 《빙과》는 남아 있을까.

싸움도, 희생도, 선배의 미소조차도 모든 것은 시간의 저편으로 흘러간다.

아니, 그편이 낫다. 기억해서는 안 된다. 그것은 결코 영웅담이 아니었기에.

모든 것은 주관성을 잃고 역사적 원근법의 저편에서 역사가 되어간다.

언젠가 현재의 우리도 미래의 누군가의 고전이 되리라.

1968년 10월 13일

고리야마 요코

"이건……."

"여기서 말하는 작년은 삼십삼 년 전이에요. 그렇다면 고전부의 세키타니 선배란 제 삼촌일 테죠. 삼촌께 무슨 일이 있었던 거예요. 삼촌이 제게 가르쳐 준 답은 고전부와 상관있는 거였어요."

나는 웃었다. 왜 지탄다가 웃지 않는지 생각해 보지도 않고.

"잘됐네. 이제 됐지?"

내 그 말에 지탄다의 무표정이 흐트러지고 얼굴에 그늘이 드리웠다. 지탄다는 작고 쥐어짜는 듯한 목소리로 말했다.

"하지만 기억나지 않아요. 이제 거의 다 왔는데, 거의 다! 이렇게까지 제 기억력이 나빴던가요? 그날 삼촌은 무슨 이야기를 하셨던 걸까요? 삼십삼 년 전 삼촌께 무슨 일이 있었던 거죠?"

불분명한 목소리는 코맹맹이 소리인가, 울먹이는 소리인가.

지탄다…….

나는 말했다.

"조사해 봐."

차가운 목소리는 아니었다고 생각한다.

역광으로 석양빛을 받는 지탄다에게서 받아 든《빙과》제 2호에 씌어 있는 것은 삼십이 년 전의 글. 문집치고는 참으로 특이한《빙과》라는 제목을 붙인 세키타니 준에 관한 것과, 잊혀 가는 것에 관한 것이 씌어 있었다.

이것은 좋은 기회다. 암중모색에 비쳐 든 한 줄기 서광이다. 지탄다가 과거를 되찾는 게 정말 가능하다면 유일한 실마리는 이것이라는 확신이 들었다.

그러기에 다시 한번 말했다.

"조사하면 되잖아. 삼십삼 년 전에 관해."

"그렇지만."

지탄다의 표정이 흐려졌다.

"기억해선 안 된다고 씌어 있어요."

뜻밖이었다.

"기억해 내고 싶잖아?"

"그건 물론이에요. 하지만 조사해 봤다가……."

지탄다는 주저했다.

"……조사해 봤다가 불행한 결말을 맞을 수도 있어요. 잊히는 편이 더 나은 사실도 존재하잖아요?"

"……."

지탄다, 그건 너무 착한 거 아니냐?

"삼십삼 년 전 일이라도?"

"아닌가요?"

나는 고개를 가로저었다.

"그래, 아니야. 거기 그렇게 씌어 있잖아. '모든 것은 주관성을 잃고 역사적 원근법의 저편에서 고전이 되어 간다'고."

"……."

"시효가 끝났다는 이야기야."

나는 웃는 척했다. 지탄다는 따라 웃지는 않았지만 천천히 고개를 끄덕였다.

"……네."

게다가.

그래, 게다가. 나는 억지웃음을 지은 채 속으로 만족스레 미소를 지었다. 조사한다고 해 봤자 그렇게 어렵지는 않을 것이다. 제2호에 '작년에 있었던 사건'이라고 씌어 있는 이상 세키타니에게 벌어진 일이 창간호에 씌어 있지 않을 리 없다. 순식간에 끝날 일이다. 문제의 회피와 해결 중 해결이 더 쉬울 경우 어느 쪽을 택할지는 말하나 마나다.

……내가 너무 만만히 생각했다. 그때까지 말없이 문집 더미를 뒤지던 이바라가 불만스러운 목소리로 말했다.

"뭐야, 창간호만 빠졌잖아!"

그 말이 의미하는 바를 파악하는 데 시간이 조금 걸렸다.

6

영광스러운 고전부의 과거

여름 방학이 시작되고 칠월 말. 나는 자전거로 늘 다니는 길을 달려 가미 고로 향했다. 걸어서 가도 이십 분밖에 안 걸리니 자전거로 가면 금방이다. 중간에 자판기에서 여느 때와 같이 블랙커피 캔을 사서 잠시 휴식을 취했다. 강변을 따라 나아가다가 병원 옆으로 꺾어지면 정면에 가미 고가 보인다. 어처구니가 없었다.

명색이 여름 방학인데.

운동장 곳곳에서 대도구를 조립하는 교복 집단. 관악기, 전자 기타, 퉁소 소리가 들려오고, 특별동에는 이 거리에서도 알 수 있을 만큼 학생이 버글거렸다. 그들의 목적은 말하나 마나 간야제다. 가미 고는 여름 방학에 들어와 더욱 활기를 띠었다. 학교 건물에 몰려들어 개미처럼 꿈틀거리는 그 모습은 마치 이렇게 말하는 것 같다.

'자, 준비하자, 준비해! 축제가 얼마 남지 않았다! 귀찮은 수업이 없는 사이에 단숨에 준비를 끝내자!'

잠시 그대로 서서 에너지 넘치는 학생 제군의 모습을 바라보는데 현관에서 한 명이 쪼르르 달려왔다. 후쿠베 사토시다. 사토시는 사복을 입었다. 반소매에 반바지를 입고 작은 배낭을 멘 참으로 스포티한 복장이다.

"여."

"미아안. 오래 기다렸엉?"

안마당에서 아카펠라 발성 연습을 하던 녀석들이 사토시의 소름 끼치는 목소리에 오싹해하며 돌아보았다. 자전거를 돌려 그 자리에서 달아나고 싶은 것을 가까스로 참은 대신 달려온 사토시를 카운터를 날리듯 걷어찼다.

"에쿠, 뭐야, 호타로. 갑자기 웬 폭력이야?"

"시끄러. 넌 수치심이라든지 미풍양속이란 개념이 없냐?"

사토시는 어깨를 으쓱했다.

별로 있을 것 같지 않다.

"미안해. 수예부 회의가 끝나질 않아서."

"뭘 하는데?"

"수예부에선 이번 간야제 때 만다라 양탄자를 제작하거든. 그런데 문제가 좀 생겨서 그 대책 회의가 열렸어."

그것참 고생이 많으십니다. 너도, 저번의 도가이토도, 여기 있는 수백 명의 가미 고 학생도.

"이쪽 자료는 문제없는 거냐?"

놀리듯 말하자 사토시는 그대로 맞받아쳤다.

"너야말로 어때? 익숙지 않은 일일 텐데 그럴싸한 자료는 있었어?"

나는 질문한 사람은 나라고 투덜대면서도 대납했다.

"음, 뭐."

"저런, 네가 웬일이야? 적당히 얼버무릴 줄 알았는데. 자전거 갖고 올 테니까 잠깐 기다려."

무례한 사토시는 그런 말을 남기고 또다시 자전거 보관소를 향해 쪼르르 달려갔다.

내가 왜 귀중한 여름 방학에 늘어져 자지 않고 다른 짓을 하고 있는가. 그것도 하필이면 사토시를 만나는가. 발단은 일주일 전으로 거슬러 올라간다. 《빙과》를 손에 넣고 그곳에서 세키타니 준의 그림자를 발견한, 그리고 전모가 기록되어 있을 창간호가 없었던 그날. 창간호가 없다면 이야기가 다르다, 그 이상은 내 알 바 아니라고 주장했지만 때는 이미 늦었다. 내가 이미 루비콘 강을 건너고 말았다는 것을 몰랐던 것이다.

조급하게 몰아치는 지탄다를 설득하는 게 무리라는 것을 깨달은 나는 타협안을 제시했다. 진심으로 과거를 조사할 생각이라면 둘만으로는 손과 머리 둘 다 부족하다. 옛 사람들도 셋이 모이면 문수보살 못지않은 지혜를 얻을 수 있다고 하지 않았나. 네게는 괴로울 수도 있겠지만 적어도 사토시와 이바라에게는 조력을 구해야지, 아니면 조사가 성공할 수 있을지 의심스럽다. 나는 그렇게 말했다.

그러자 지탄다는 대뜸 고개를 끄덕였다.

"그럴지도 모르겠네요."

파인애플 샌드에서는 그렇게 싫어해 놓고 웬일이냐 싶어 맥이 빠졌다. 지탄다가 지원 요청의 필요성을 인식한 것인지, 아니면 실제로 단서를 발견하고 나니 체면이 신경 쓰이지 않게 된 것인지, 그도 아니면 아가씨는 변덕쟁이라는 결론인지 판단이 서지 않았다. 아무튼 그다음 날 고전부 긴급 총회가 소집되었다.

그 자리에서 지탄다는 내게 했던 이야기를 간략하게 되풀이하고는 "삼십삼 년 전 삼촌께 무슨 일이 있었던 건지 저, 신경 쓰여요" 하고 의사를 표명했다.

"이 표지, 관심이 가. 그림의 의미를 풀 수 있으면 만연 쪽 원고로 써먹을 수도 있겠는걸."

이바라는 그런 말로 제안에 응했다.

"거짓된 영웅담을 삼십삼 년 뒤 후배가 풀이한단 말이지. 내가 마침 그 시기를 조사하고 있었거든."

사토시도 쌍수를 들어 찬성했다. 나는 어차피 거부권이 없는 터라 발언할 마음도 없었지만 모처럼의 기회니 한마디 해 주었다.

"어차피 문집의 소재도 안 정해졌으니 말이지. 이걸 조사해서 지탄다 이야기는 빼고 소재로 써먹으면 편…… 아니, 일석이조…… 아, 아니, 좋은 문집을 만들 수 있지 않겠냐."

지극히 긍정적인데다 에너지 절약 정신이 넘치는 제안은 만장일치로 채택되어 삼십삼 년 전의 고전부와 가미야마 고등학교를 조사하는 것이 모든 고전부원의 최우선 과제가 되었다.

사토시의 자전거는 산악용 자전거다. 오늘처럼 사토시가 반바지를 입으면 마르고 키가 작은 데 비해 다리에 근육이 꽤

있음을 알 수 있다. 나는 안다. 사토시는 지적 방면의 취미는 다채롭지만, 운동 방면으로는 오로지 사이클링 하나뿐이다.

참고로 내 것은 소위 바구니 자전거다. 특별한 점은 아무것도 없다.

강변길을 거슬러 올라가 시가지를 통과했다. 집과 집 사이에 논밭이 펼쳐지기 시작한 부근에서 일단 자전거를 세우고, 여름 냄새 물씬 풍기는 햇살을 피해 담배 가게 처마 밑으로 들어갔다. 등에 진 가방에서 타월을 꺼내 땀을 훔치며 잠시 쉬었다.

아아, 땀 흘리니 시원하다.

……같은 생각은 들지 않는다. 어째서 인간은 이동을 해야 목적을 달성할 수 있는 건가 싶을 뿐이다. 우리의 정보 혁명 아직 이룩되지 않았으니, 동지여, 나를 위해 노력하라.

"사토시, 여기서 머냐?"

사토시는 손수건을 주머니에 넣고 대답했다.

"음, 한 십 분? 물론 네 속도로."

그러더니 웃으며 말했다.

"보면 놀랄걸. '호농' 지탄다가의 저택은 가미야마 시 전체에서도 손꼽을 수준이거든."

그거 기대되는군. 청소하기 얼마나 힘든지 물어보고 싶다.

나는 한 번 더 땀을 닦고 타월을 바구니에 쑤셔 넣은 뒤 자전거에 올라탔다.

다시 출발하자 길 안내를 맡은 사토시가 금세 앞장섰다. 교차로 몇 개를 지나고 나니 그다음부터는 직진인지 사토시가 옆으로 왔다. 잠시 나란히 자전거를 달렸다. 어느새 길 양옆으로 밭이 펼쳐져 있었다.

다리 힘에 여유가 있는 듯한 사토시는 콧노래라도 부를 것처럼 들떠 있다. 미소는 사토시의 기본 표정이지만 오늘은 그것이 한층 상큼해 보인다. 그 모습을 보니 불현듯 물어보고 싶어졌다.

"사토시."

"응?"

"너 즐거워 보인다."

사토시는 돌아보지도 않고 쾌활하게 대답했다.

"그야 즐겁지. 사이클링은 내 취미에 맞거든. 파란 하늘! 흰 구름! 아무리 진부해도 이 이상의 표현이 있을 수 없는 하늘 아래, 자신의 다리 힘으로 질주하는 쾌감에 견줄 수 있는 건……."

나는 사토시의 농담을 단호하게 끊었다.

"아니, 네 고교 생활 전반이 말이다."

그러자 사토시는 금세 재미없다는 표정으로 대답했다.

"아아…… 장밋빛 이야기?"

석 달 전에 했던 이야기를 잘도 기억한다. 사토시는 속도를 줄이더니 여전히 고개는 앞을 향한 채 말을 이었다.

"난 말이야, 호타로. 주위가 어떻든 기본 속성이 장밋빛이거든."

"아니, 그보다 형광 핑크겠지."

"하하, 그거 그럴싸한걸. 그런 식으로 말하자면 넌 회색이지."

"그 말은 전에도 들었다."

나도 모르게 목소리에서 억양이 사라졌지만 사토시는 개의치 않는 듯했다.

"그랬던가? 그럼 이 말은 했던가? 난 딱히 널 흉보려는 의미로 회색이라고 하는 게 아니야."

"……."

"예컨대 난 기본 속성이 형광 핑크니까 누가 날 장밋빛으로 물들이려고 해 봤자 소용없어. 물들어 주지 않아."

웃는 얼굴로 그런 말을 하는 사토시를 놀렸다.

"과연 그럴까? 의외로 물들지 않았어?"

"아니, 그렇지 않아!"

사토시는 뜻밖에 강한 어조로 단언했다.

“뭐야, 호타로. 내가 총무 위원회니 수예부니 종횡무진으로 활약한다고 그런 소리를 하는 거야? 웃기지 마, 간야제 일정표 짜는 걸 거드는 것도, 만다라를 수놓는 것도 전부 내 취향에 맞기 때문에 하는 일이야. 아니면 누가 일요일에, 여름방학에 사이클링의 쾌감을 희생하면서까지 학교에 오겠어?”

“안 오냐?”

“사회적으로 필요하다면 기술과 몸만은 빌려 줄 용의가 있어. 그리고 그건 너도 그렇게 크게 다르지 않잖아? 회색인 호타로는 기수가 ‘전원 장밋빛으로!’ 하고 깃발을 흔든다고 장밋빛이 되지 않지.”

그러더니 한 박자 쉬었다가 다소 침착한 어조로 말을 이었다.

“흉을 보고 싶었다면 넌 무색이라고 했을 거야.”

그 말을 끝으로 입을 다물었다. 나는 햇빛에 온몸을 달구며 사토시가 한 말을 되새겼다.

“…….”

그러고는 떨떠름한 표정을 지었다.

“네가 좋아해 주지 않아도 되는데.”

“그렇겠지.”

사토시가 또다시 소리 내어 웃었다. 웃고 나서 말했다.
"다 왔어, 호타로. 저기가 지탄다 저택이야!"

광대한 전답 가운데 선 지탄다가는 그야말로 저택이라고 부르기에 걸맞았다. 전통 가옥인 듯한 단층 주택이 산울타리로 둘러싸여 있다. 물소리가 들리는 것을 보면 마당에 연못이 있는 모양인데, 밖에서는 단정하게 전지된 소나무만 보였다. 활짝 열린 대문 앞에 물을 뿌려 놓았다.

"어때, 훌륭하지?"

사토시는 흡사 자기 집인 양 으스대지만, 나는 전통 가옥에 대해서도 전통 정원에 대해서도 조예가 깊지 않다. 따라서 이 저택이 상대적으로 어디가 어떻게 훌륭한지 알 수 없었지만, 풍류나 화려함을 노린 느낌이 없는 점은 좋아 보였다.

저택 감상은 그쯤 해 두고 손목시계를 보았다. 약속 시간 정각…… 아니, 늦었나.

"가자, 그 녀석들 기다리겠다."

"응, 그래. ……호타로."

"왜?"

"어째 하인이 나와 맞아 줄 것 같지 않아?"

무시했다. 대문을 지나 징검돌을 밟고 들어가 현관 앞에서 초인종을 눌렀다.

"네!"

잠시 뒤 문을 연 사람은 지탄다 에루 본인이었다. 감기는 이제 다 나았는지 여느 때처럼 또랑또랑한 목소리다. 머리를 묶지 않고 그냥 늘어뜨렸고, 연두색 원피스가 잘 어울린다고 말하지 못할 것도 없다.

"어서 오세요."

하인이 나오지 않은 게 불만이었는지 사토시가 나직이 혀를 차는 소리가 들렸다.

돌을 깐 현관 앞에서 신발을 벗고 지탄다를 따라 복도를 나아갔다.

"자전거는 어디 두셨어요?"

"어디 둬야 하는데?"

"어디든 괜찮아요."

그럼 왜 묻는 거지?

이윽고 지탄다는 두 면이 장지라 장지를 열면 바람이 잘 드는 시원한 방으로 우리를 안내했다. 천장이 높아서 더욱 시원하게 느껴지는 것이리라. 넓이는…… 십오 제곱미터 정도 되나. 넓다.

"늦었네."

이바라는 먼저 와 있었다. 학교에 공적인 볼일이라도 있었는지 혼자 교복을 입었다. 짙은 갈색으로 흐릿하게 빛나는 탁자에 자료 몇 장이 이미 놓여 있다. 이바라 것일까. 꽤나 기합이 들어가 있다.

"아무 데나 적당히 앉으세요."

지탄다의 말에 나는 이바라의 바로 맞은편에 앉았다. 지탄다가 주인 자리에 앉았으므로 남은 상석은 사토시가 차지했다. 장식단을 등지고 앉는 것이 이만큼 어울리지 않는 남자도 흔치 않다. 사토시는 늘 들고 다니는 끈 달린 주머니에서 종이 몇 장을 꺼내고 있다. 나도 책가방의 지퍼를 열고 내게서 다대한 노력을 빨아들인 자료를 꺼냈다. 이바라는 만반의 준비를 갖춘 분위기로 펜을 만지작거리고, 지탄다는 종이 뭉치를 얹은 쟁반을 탁자 위에 올려놓고 있었다.

"그럼……."

지탄다가 말했다.

"회의를 시작할까요."

전원이 누구에게랄 것 없이 머리를 숙여 인사했다.

자연히 지탄다가 사회를 맡았다. 원래 부장이겠다, 이의는 없다.

"먼저 이번 회의의 목적을 확인하겠습니다. 발단은 제 사적인 추억입니다. 그리고 일전에 《빙과》를 발견함으로써 제 추억이 삼십삼 년 전 고전부에서 벌어진 사건과 관계있을지 모른다는 것을 알게 됐습니다. 회의의 목적은 삼십삼 년 전 사건이 무엇이었는지 추정하는 것입니다. 또한 사실이 판명되면 올해 고전부 문집의 기사로 다룰 예정입니다."

이바라의 주된 흥미는 사건 자체가 아니라 표지 디자인일 텐데, 불만이 있는 기색은 없었다. 기묘한 표지도 사건에 기인한다고 보는 것이거나, 아니면 지탄다와 이미 이야기가 끝난 것이리라.

"지난 일주일 동안 서로 분담해 다양한 자료를 찾아봤습니다. 돌아가면서 각자 조사 결과를 보고하고 그로부터 추정할 수 있는 '삼십삼 년 전'을 맞춰 봄으로써 가장 모순이 없는 추정을 도출하는 게 오늘 회의의 목적입니다."

어라, 그랬던가? 나는 지탄다에게 수집한 자료를 가지고 모이는 것이라고 들은 것 같은데. 추정까지 한다는 이야기는 없지 않았나? 그러나 표정을 슬쩍 엿보기로 사토시도, 이바라도 동요한 눈치가 전혀 없다. 그렇다면 내가 빠뜨리고 못 들었나. 좋지 않은데. 어떻게든 빠져나갈 구멍은 있겠지만 일단 각오는 해 두자.

지탄다는 회의 진행표 같은 것도 없이 한 사람, 한 사람에게 시선을 보내며 막힘없이 설명했다.

"회의는 자료 배부 및 보고에 이어서 그에 관한 질문, 그 뒤 보고자의 가설 발표, 그리고 가설의 검토 순으로 진행할까 합니다. 보고중에 질문은 금지합니다. ……혼란스러워지니까요. 그럼 첫 번째 분, 보고를 시작해 주세요."

사회가 제법 능숙하다. 뜻밖의 재능이라고 할까.

아니, 지탄다도 자신이 매사를 시스템으로 파악한다고 했다. 규칙을 정하는 데 능해도 이상할 것 없다.

"첫 번째 분, 보고를…… 어머?"

"지이, 누구부터 시작하는데?"

"음, 누구부터 시작하면 좋을까요?"

……그리고 묘한 데서 막힌다. 사람이 빤하다고 할지, 행동까지 시스템화됐다고 할지. 쩔쩔매는 지탄다에게 한마디 했다.

"누구든 상관없잖냐. 지탄다, 너부터 시작해라."

보통 사회자는 발표하지 않는 것이겠지만, 어차피 지탄다도 보고해야 할 테고 기왕이면 지탄다의 스타일을 알아 놓는 편이 두루두루 원활할 것이다. 지탄다는 고개를 끄덕였다.

"하긴 그러네요. 그럴게요. 그럼…… 저부터 시작해서 시계 방향으로 돌아갈까요."

그러고는 쟁반에 놓여 있던 복사한 종이를 나눠 주었다.

이번 일의 발단이 된 고전부 문집《빙과》제2호 서문이라는 것을 한눈에 알 수 있었다. 그래, 원점에 충실하게 공략한다는 말이지. 지탄다다운 접근법이라 할 수 있겠다. 전에도 보기는 했지만 다시 한번 읽어 보았다.

서문

올해도 축제가 찾아왔다.

세키타니 선배가 떠난 지 벌써 일 년이다.

일 년 사이에 선배는 영웅에서 전설이 되었다. 축제는 올해도 닷새간 성대하게 거행된다.

그러나 전설에 열광하는 학교 한구석에서 나는 생각한다. 예컨대 십 년 뒤 누가 그 조용했던 투사, 다정했던 영웅을 기억할 것인가. 최후의 날 선배가 명명하고 간 이《빙과》는 남아 있을까.

싸움도, 희생도, 선배의 미소조차도 모든 것은 시간의 저편으로 흘러간다.

아니, 그편이 낫다. 기억해서는 안 된다. 그것은 결코 영웅담이 아니었기에.

모든 것은 주관성을 잃고 역사적 원근법의 저편에서 역사가 되어 간다.

언젠가 현재의 우리도 미래의 누군가의 고전이 되리라.

1968년 10월 13일

고리야마 요코

지탄다는 헛기침을 한 번 하고 설명을 시작했다.

"제가 조사한 자료는 《빙과》 자체입니다. 매년 《빙과》에 어떤 경향의 기사가 실리는지 파악해 둘 필요도 있었고, 서문에서 거론했다면 다른 데서도 다루었을지도 모른다 싶었거든요. 그런데 내용은 파악했지만, 삼십삼 년 전 사건을 언급한 글은 애석하게도 이 서문뿐이었어요. 그만큼 집중해서 읽을 수 있었다고 생각할 수도 있겠지만 역시 창간호가 있었더라면……. 어쨌든 여기서 파악할 수 있는 사실을 정리한 게 이 프린트예요."

종이를 한 장씩 더 돌렸다.

1. '선배'가 떠났다(어디서?).

2. '선배'는 삼십삼 년 전 시점에서 영웅이었으며 삼십이 년 전에는 '전설'이었다.

3. '선배'는 '조용한 투사', '다정한 영웅'이었다.

4. '선배'가 《빙과》라고 명명했다.

5. 싸움과 희생이 있었다(희생 = '선배'?).

"오오."

역시 요점을 간략하게 잘 정리했다. 무심코 탄성을 질렀는데, 생각해 보면 지탄다는 호기심의 화신인 동시에 성적 상위권자이기도 하다. 요점 파악을 못 해서는 시험 점수를 잘 받을 수 없다.

모두가 프린트를 대충 훑어볼 시간을 둔 뒤 지탄다는 설명을 재개했다.

"먼저 1번부터 볼까요. '선배', 즉 삼촌은 가미야마 고등학교를 중퇴해서 최종 학력은 중졸이었어요. 이 논점은 이걸로 충분하겠죠."

세키타니 준이 가미야마 고등학교를 중퇴했다. 나는 지탄다가 담담히 이야기한 새로운 사실에 별반 놀라지 않았다. '세키타니 선배가 떠난 지'라고 서문에 씌어 있었던 시점에서 그렇지 않을까 예상하고 있었다.

그나저나 지탄다는 친척들을 통해 삼촌이 퇴학한 원인을 알아볼 수 없는 걸까. ……아니, 알아볼 수 없겠지. 가능했다면 당연히 벌써 그렇게 했을 것이다. 그러고 보니 파인애플 샌드에서 말하지 않았던가. 세키타니가와 지탄다가는 소원해졌다고.

"다음으로 2번인데요. 이건 단순히 시간이 경과하면서 이야기가 부풀려진다는 일반적 현상을 가리키는 거라고 생각해요. 3번은 흥미롭죠. 다정하다느니 조용하다느니 하는 거야 그렇다 치고 어쨌든 '투사'고 '영웅'이었다는 걸 알 수 있어요. 이건 어떤 것과 싸웠기 때문이겠죠. 5번과도 합치돼요. 싸움이 있었고 거기에서 '선배'는 투사가 됐고, 영웅이 됐고, 그리고 희생된 거예요. 4번은…… 궁금하기는 하지만 지금 우리가 생각해야 할 문제는 아니겠죠. 제 보고는 이상입니다. 질문 있으신가요?"

딱히 유별난 부분은 없었던 것 같다. 따로 할 말은 없다.

평소 수업 시간에 질문은 괴짜(즉, 사토시)나 하는 것이지만, 아는 사람 몇몇이 모인 자리에서라면 눈치 보일 것도 없다. 실제로 이바라가 곧바로 발언했다.

"있지, 여기 '그것은 결코 영웅담이 아니었기에'라는 부분은 왜 무시하고 그냥 넘어간 거야?"

자기는 그 답을 안다는 듯 사토시가 입을 우물거리는 것이 보였다. 그러나 묘한 데서 사람이 성실한 사토시는 지탄다의 차례를 빼앗거나 하지 않았다.

한편 지탄다는 답이 준비된 질문이었는지 곧바로 대답했다.

"그건 쓴 사람이 갖고 있던 이미지니까요. 영웅담이었는지 아닌지는 보는 사람에 따라 다르죠."

"그리고 말이지."

지탄다의 말이 끝나기를 기다려 사토시가 의견을 보충했다.

"영웅담 같은 멋진 게 아니라 더 치열하고 치사한 싸움이었다는 뜻일 수도 있지 않을까. 이미지니까 뺀다는 건 좋은 생각인데."

보아하니 이바라는 납득한 것 같다.

그 밖의 질문은 나오지 않았다.

"그럼 제 가설을 말씀드릴게요."

지탄다의 어조는 자신이 있는 것도, 없는 것도 아니고 평소와 똑같았다. 메모 같은 것도 참고하지 않았다.

"삼촌은 어떤 것과 싸웠어요. 그리고 고등학교를 중퇴했죠. 확언은 할 수 없지만 싸움의 결과로 학교를 떠났다고 생각하는 게 타당하지 않을까요. 여기서 조금 전 다섯 가지 외의 요소를 하나 더 생각해 봤어요. '벌써 일 년이다'라는 부분이에요.

즉, 삼촌이 학교를 그만둔 건 간야제 일 년 전, 역시 간야제가 열리는 시기예요. 그런데 이건 가미야마 상업 고등학교에 다니는 친구에게 들은 이야기인데, 작년 가미야마 상고 축제에서 사건이 일어났다죠?"

사토시가 명랑하게 말했다.

"축제 범죄 말이지. 학생들이 공갈당해 매상이 전부 사라졌다던데."

지탄다는 고개를 끄덕였다.

"시스템엔 반드시 시스템에 대항하는 존재가 있게 마련이라고 들었어요. 축제나 체육 대회, 졸업식 등 소위 연중행사에 특히 반발하는 분들이 계시는 건 보편적인 일이겠죠. 그리고 또 하나, 가미 고 학생 수첩 이십사 쪽을 봐 주세요."

학생 수첩을 꺼낼 수 있는 사람은 아무도 없다. 당연하다. 누가 그런 것을 갖고 다니나.

"……왜 그러시죠?"

"애석하게도 수첩은 집에 있어서 말이다. 거기 뭐라고 씌어 있는데?"

"……혹시 이 수첩, 다들 안 가지고 다니시나요? 아, 아니에요, 음, 이렇게 씌어 있어요. '폭력 행위는 엄금한다'. 즉, 제 가설은 이래요."

지탄다는 어조를 조금도 달리하지 않고 말을 이었다.

"그해 간야제는 불행하게도 축제를 노리는 분들의 표적이 되고 말았어요. 삼촌은 물리적인 힘으로 그에 대항한 게 아닐까요. 그 결과 삼촌은 영웅이 됐지만 폭력을 휘두른 책임을 지고 학교에서 쫓겨난 거예요. 그것을 슬퍼한 후배가 남긴 게 이 글이라고 생각할 순 없을까요."

……흠.

내가 입을 연 것은 사토시와 거의 동시였다.

"그건 아닌데."

"미안하게 됐다, 지탄다."

그리고 이바라는 생각하는 바가 있는지 지탄다가 아니라 우리 쪽만 보고 있었다.

한편 동시에 두 방향에서 부정하는 의견이 날아들어도 지탄다는 눈썹 하나 까딱하지 않았다. 나는 그 모습에서 지탄다가 자신의 가설을 끝까지 고수할 마음이 없다는 것을 직감했다. 자신의 설이 정답으로 나아가기 위한 발판이 되는 것을 부끄럽게 생각하지 않는 태도는 존경스럽다.

"안 되나요? 이유를 가르쳐 주세요."

조용히 묻는 지탄다와 정면에서 눈이 마주쳤기에 나는 어깨를 으쓱하고 말했다.

"시스템에 대항한다고 했는데, 축제를 노리는 놈들도 거둘 이익이 없으면 몰려들지 않겠지. 그런데 지탄다, 네가 처음에 문집 이야기를 했을 때 내가 무슨 말로 반대했는지 기억나냐?"

지탄다의 시선이 잠시 허공을 헤맸다.

"문집은 수고가 너무 많이 든다고 하셨죠."

"그런 말을 했냐. 그것 말고."

"그것 말고요? 음…… 집필자가 세 명이면 볼품없다고 하셨어요. 그렇지만 네 명인데요."

……기억력 한번 대단하다고 해야 하나. 내가 그런 말을 했던가. 어쨌거나 그런 것까지 기억하다니 대단하다는 것은 인정하겠다. 그러나 지탄다여, 내가 그런 말을 했다 쳐도 그 시점에서 부원은 아직 세 명뿐이지 않았더냐.

"또."

"……다른 방법이 있다고 하셨어요. 예를 들면."

이제야 이해가 됐는지 지탄다는 가슴 앞에 두 손을 모았다.

"일일 찻집 말씀이군요. 일일 찻집을 하자고 하셨어요. 그리고 전…….”

“일일 찻집은 옛날부터 금지라고 했어. 그건 나도 기억난다. 그렇다면 간야제에서 돈은 거의 돌지 않을 거다. 노릴 가치가 있는 이벤트 같지 않은데.”

그러나 이 반박은 받아들일 수 없는지 지탄다는 고개를 갸웃하는 익숙한 포즈를 취하며 말했다.

“하지만 그건 가능성의 문제잖아요.”

“그게 무슨 말이냐?”

“돈이 얽혀 있어야 움직이는 분들이 많을 것 같지만, 개중엔 그렇지 않은 분도 계시지 않을까요.”

우.

……뭐, 그야 그렇다. 그런 식으로 나오면 할 말 없다.

사토시가 웃었다.

“한심한걸, 호타로. 그래선 지탄다도 납득할 수 없지.”

“호, 그럼 어디 한번 네 설명을 들어 볼까.”

“말 안 해도 한다.”

사토시는 짐짓 헛기침을 한 번 했다.

“시스템에 대항하는 존재가 보편적으로 존재한다는 지탄다의 말은 흥미로웠어. 분명히 그럴 테지. 하지만 대항에도 시류라는 게 있잖아?

아닌 게 아니라 이벤트를 노리는 범죄 이야기는 흔히 듣지. 요새는 대항도 실리주의적 스타일을 지향하는 경향이 커서 이익이 얽히지 않는 범죄가 거의 없지만, 그렇다고 아예 없지는 않아. 하지만 그게 참 이상하게도 삼십삼 년 전이라면 거의 있을 수 없거든."

시류. 스타일?

이 녀석, 무슨 소리를 하는 건가. 나는 여우에게 홀린 기분을 맛보았다. 이바라와 지탄다도 어리둥절한 표정이었다.

"……왜?"

폼 잡으려 그러는지 사토시가 뒷말을 이으려 들지 않자 이바라가 재촉했다. 사토시는 만족스레 고개를 끄덕였다.

"응, 삼십삼 년 전이라고 하면 모를 수도 있지만 1960년대라고 바꿔 말하면 알지 않을까?"

무척 의기양양한 표정이다. 사토시와 지식의 양을 겨룬다는 것은 더할 나위 없는 낭비인지라 평소 그런 일은 아예 해볼 생각도 안 하는데, 이렇게까지 기분 좋아 보이면 그만 그 얼굴이 흐려지게 해 주고 싶어진다. 다만 유감스럽게도 나는 역사에도 밝지 않다.

"마야카, 어때? 뭐 생각나는 거 없어?"

이바라도 짐작 가는 데가 없는지 항복이라는 듯 두 손을 가볍게 들어 보였다.

"미안, 후쿠. 난 모르겠어."

"그래? 도쿄, 국회 의사당……. 그래도 모르겠어? 플래카드, 데모……. 음, 안 되겠다. 학생 운동 말이야."

"엥?"

눈이 점이 되었다.

무슨 농담인가 싶었으나 사토시는 좀처럼 마지막 한마디를 날리려 하지 않았다. 하는 수 없이 내가 나섰다.

"사토시, 지금 뭐가 아쉬워서 일본 현대사 복습 같은 걸 하고 있냐. 놀 거면 눈앞에 있는 문제를 해결하고 놀지그래?"

그러나 사토시는 지극히 진지한 표정으로 말했다.

"그러니까 눈앞에 있는 문제를 해결하려고 하잖아. 알겠어? 지탄다의 가설에 등장하는 타입의 폭력 행위, 즉 고등학생의 교내 폭력은 1960년대만 해도 아직 거의 찾아볼 수 없었어. 그럴 만도 하지. 싸우고 싶으면 체제 측이든 반체제 측이든 상대가 얼마든지 있던 시기에 뭐가 아쉬워서 불만의 배출구를 찾는 짓을 하겠어? 그런 건 유행이 아니었다고."

"……꼭 네 눈으로 직접 본 것처럼 말하는군."

"말했잖아. 그 시기에 관해 조사하고 있다고."

사토시의 웃음이 여느 때보다 조금 뻔뻔해 보였다.

흠. 현대사는 그렇다 치고 어쨌든 사토시가 무슨 말을 하려는 건지는 알겠다. 축제를 노린 범죄라는 것은 삼십삼 년 전과 어울리지 않는 개념이라는 뜻이리라. 그게 맞는지 틀리는지 확인할 방법(아니, 생각)은 없지만, 사토시가 진담으로 한 말이라면 신빙성이 없는 것은 아니다.

"음, 그런가요……. 하긴 시대성이라는 건 맹점이었네요……."

지탄다도 허점을 찌른 사토시의 공격에 꽤나 흔들리는 모양이었다. 지탄다의 설은 보아하니 바람 앞의 등불인가 보다.

그때 지금껏 적극적인 발언을 삼가고 있던 이바라가 느닷없이 지탄다에게 손을 모아 사과했다.

"지이, 미안."

"……갑자기 무슨 말씀이세요?"

"내 자료랑 맞춰 보면 네 가설은 도무지 성립되지 않거든. 다음이 내 차례니까 되도록 말할 거리를 남겨 놓으려고……."

솔직히 울컥했다. 네 이놈, 이바라, 쓸데없는 말을 시켰겠다. 그러나 지탄다는 생긋 웃었다.

"아니에요. 검토를 심화하는 건 쓸데없는 일이 아닐 테니까요."

존경스러운 자세다.

"그럼 제 가설은 일단 철회하기로 하고 이바라 씨의 보고를 들어 보죠. 괜찮으시겠죠?"

아무도 이의를 제기하지 않았다. 역시 지탄다를 1번 타자로 내세우기를 잘했다. 지탄다가 자신의 가설을 서슴없이 버린 덕분에, 그다음 발표할 이바라도 가설의 정확성에 집착할 필요가 없게 됐다. 이런 분위기에서는 신중함을 기하는 이바라도 한결 수월할 것이다.

"그럼 이바라 씨, 부탁드려요."

이바라가 나눠 준 프린트에는 뭐랄까, 종류가 다르다고 할지, 세계가 다르다고 할지, 서 있는 지평이 다르다는 것을 명확히 알 수 있는 글이 씌어 있었다. 글씨체부터가 달랐다. 나름 타이포그래피를 신경 쓴 건지, 곡선을 가능한 한 없앤 읽기 힘든 글자가 지면을 뒤덮고 있었다. 세로쓰기로 B5 용지에 빽빽하게 쓰인 글 중 다섯 줄에 겹줄을 그었다. 여기를 읽으라는 뜻이리라.

즉 우리는 항상 대중적이며 또 그러한 까닭에 반反관료주의적 자주성을 유지해 나갈 것이다. 반동 세력의 횡포 따위에 결코 굴하지 않겠다.

작년 유월의 두쟁斗爭을 예로 들어 봐도, 고전부 부장 세키타니 준

군의 영웅적 지도에 힘입은 우리의 과감한 실행주의로 실색하고 산지 사방으로 흩어진 권력주의자들의 추태는 기억에 새로우리라.

“이거, 만연의 옛날 문집을 뒤지다 발견한 책자야. 《단결과 축포》 1호인데 2호부터는 못 찾았어. 발행은, 지이 거랑 똑같이 삼십이 년 전. 《빙과》에 실린 사건이라면 다른 동아리 문집에도 있지 않을까 싶어서 도서실을 조사해 봤는데, 삼사십 년씩 이어지는 동아리는 거의 없더라고. 만연도 그 무렵엔 없었던 것 같지만, 책이랑 책꽂이 사이에 이게 떨어져 있는 걸 우연히 발견했지 뭐야. ……굉장하지?”

이 글을 발견한 게 굉장하다는 뜻인지, 아니면 이 글 자체를 말하는 건지 판단이 서지 않았다. 단결과 축포. 이게 시대성이라고? 하여간 수상쩍은 제목이다. 게다가 이 고색창연한 문어체! 고전 문학 쪽이 그나마 친숙하게 느껴지겠다.

한편 지탄다의 가설이 부정된다는 게 무슨 뜻인지 알겠다. 단순한 이야기다. 가미야마 고등학교 축제는 시월에 개최되는데, 이 자료에 따르면 사건은 유월에 일어났다고 하니까. 그래, 이것은 명확한 부정이다.

이바라는 교복 윗주머니에서 대학 노트처럼 생긴 메모장을 꺼냈다.

"미안하지만 지이처럼 프린트를 준비하진 못했고, 내가 주목한 부분을 들어 볼게. 우선 '우리'가 반동 세력의 탄압을 받았다는 것. 그 전해 유월에 두쟁이 있었다는 것. 세키타니 준이라는 사람이 지도했다는 것. 그 지도로 실행주의라는 걸 했다는 것. 그 때문에 권력주의자가 난처했다는 것. 이외의 부분은 읽어 보면 재미있긴 하지만 아무리 봐도 관계는 없을 것 같아."

해석에 이의는 없지만 '두쟁'이라니? 뇌내 사전을 검색해 봐도 해당되는 단어가 나오지 않는다. 원래 어휘 수 자체가 그렇게 많지는 않지만.

내가 두쟁, 두쟁, 하고 되뇌며 고민하는 사이에 지탄다가 회의를 진행했다.

"보고는 이상으로 끝인가요?"

"응."

"그럼 질문을 받겠습니다."

나는 즉각 물었다.

"두쟁이 뭐냐?"

이 또한 즉각 사토시가 내게 물었다.

"두쟁이 뭐야?"

이 자식, 알면서 묻는군. 나는 《단결과 축포》를 복사한 종이를 집어 그 부분을 가리켰다.

"이거 말이야, 이거. 두쟁."

사토시는 역시 어느 부분을 말하는지 알고 있었나 보다. 내가 든 프린트를 보지도 않고 아무렇지도 않게 말했다.

"그건 투쟁이라고 읽어. 한 말들이의 말을 뜻하는 '두斗'는 싸울 투鬪의 약자거든."

그러나 사토시는 내게 가르쳐 주는 게 아니었다. 시선은 나를 향하고 있지만, 내 실수를 지적하는 것이라면 좀 더 과장되게 시비를 가렸을 것이다. 사토시는 나를 이용해 이바라에게 가르쳐 주는 것임을 알 수 있었다. 요령이 좋은 것 같으면서도 좋지 못한 사토시 나름의 배려이리라. 나는 그것을 거들어 줄 마음은 없었지만 좀 더 버텼다.

"나도 십오 년간 한자를 쓰고 살아왔지만 이런 약자는 처음 본다."

"당연하지. 이것도 패션이니까. 싸울 두 자는 그야말로 삼십 년쯤 전 이런 글이 자주 쓰이던 시절에 유행했던 약자거든. 뭐, 지금도 가끔은 보이고 조폭들도 쓰는 것 같지만."

그렇군. 요즘으로 따지자면…… 世露死苦•같은 건가. 케케묵었나. 케케묵었을 뿐 아니라 미묘하게 다른가.

사토시는 나직이 중얼거리듯 덧붙였다.

"……그렇지만 이 문집, 어째 가짜 같은데."

여기에 이바라가 반응했다. 가시 돋친 목소리로 말했다.

"가짜? 그게 무슨 소리야?"

사토시는 입을 일그러뜨리고 조그맣게 신음했다. 평소 허세를 가장한 자신만만한 태도의 사토시가 난처한 얼굴을 보이다니 별일 다 있다.

"아니, 이 자료가 위조품이란 말은 아니고."

"그야 당연하지. 뭣보다도 이런 문집에 진품이고 위조품이고 있겠어?"

"자료 자체가 그렇다는 말이 아닌데. 음, 뭐라고 하면 좋을까. 그러니까 이 글을 쓴 사람은 진짜 활동가가 아니었다. 대학 같은 곳에서 벌어지는 화려한 운동을 보고 그걸 동경해서 이런 글을 썼다. 그런 생각이 든다는 거야. 부자연스러워."

"그래서 그게 뭐?"

나는 물었다.

"아니, 그냥 혼잣말이야. 미안해, 지탄다. 진행해 줄래?"

사회자는 고개를 끄덕이고 일동을 둘러보았다.

● **世露死苦** 일본 폭주족 등이 쓰는 표현으로 '잘 부탁한다'라는 의미.

"그럼 다른 질문은 없으신가요?"

일단 그 이상의 질문은 나오지 않았다. 드디어 발표다. 이바라의 얼굴에 긴장의 빛이 떠오르고 손은 바쁘게 메모장을 넘겼다.

"응, 그럼 내 가설을 말할게. 우선 지이의 가설이 부정된다는 건 알겠지?"

전원의 침묵은 동의의 표시이리라. 유월과 시월은 너무 떨어져 있다.

"이 글을 쓴 사람들은 실행주의로 권력주의자들을 산지사방으로 흩어지게 했어. 그리고 그 결과 《빙과》에 씌어 있던 것처럼 고전부 부장이 떠나게 됐지.

그럼 퇴학까지 해야 했을 '실행'이 뭐였을까. 이것도 역시 지이랑 똑같아지는데, 필두는 역시 폭력이겠지. 얼마 전이었다면 유리창을 깼다든지 그런 걸 수도 있겠지만, 그렇게 말하면 후쿠가 또 뭐라고 할 것 같고. 그래서, 피해자는…… 권력주의자. 그리고 반동 세력. 나도 반동 세력이란 게 정부라든지 그쪽이라는 것쯤은 아니까 나머지는 간단해. 고전부 부장의 지도하에 사람들은 '반동 세력', 즉 선생님들한테, 이렇게……."

이바라는 팔을 휘둘러 때리는 시늉을 했다.

"팍 날린 거야. 실제로 때렸는지 아닌지는 모르지만 그에 상당하는 일을 했어. 물론 그냥 그러고 싶어서 그런 게 아니겠지. 여기 겹줄을 그은 첫 문단, 이러쿵저러쿵 복잡하게 썼지만 요는 자주성을 말하고 싶은 것 같거든. 삼십삼 년 전 어떤 형태로 그들이 자주성을 잃을 만한 일이 있었고, 고전부 부장을 비롯한 사람들이 그에 반발했다는 말 아닐까?"

이바라는 메모장을 탁 소리 내며 덮고 모두를 둘러보았다.

"음…… 답답하네요."

사회자의 역할로 일관하던 지탄다가 그런 말을 했다. 나도 고개를 끄덕여 동의했다.

"답답하다니 뭐가?"

이바라의 물음에 지탄다가 대답했다.

"이바라 씨가 제시한 가설의 주된 취지는, 선생님들께서 학생에게 손해가 될 어떤 일을 했고 학생들이 그에 대항해 폭력 사태를 일으켰다는 거죠?"

이바라는 잠시 생각하다가 대답했다.

"응, 아마 그렇겠지."

"그렇게 되면, 알 수 있는 일이 이해가 되는 것 같으면서 잘 이해가 안 돼요."

네 말도 이해가 되는 것 같으면서 잘 이해가 안 되지만, 아예 이해가 안 되는 것은 아니다. 요컨대 설득력이 부족하다는 뜻이리라. 나는 설명을 덧붙였다.

“네 가설은 너무 추상적이야. 하기야 이 이상 여기서 알아내려야 알아낼 수도 없겠지만.”

“그야 구체적이냐고 하면 그렇진 않지만…….”

이바라는 그렇게 시인하면서도 전면 후퇴는 하지 않았다.

“그래서, 모순이 있었어?”

이바라는 지탄다보다는 자신의 가설을 고수할 마음인 듯했다.

그러나 애석하게도 나는 모순을 발견했다.

“있지.”

나는 자세를 바로 했다. 반박을 하려는 긴장감 때문이 아니라 다리가 저려서다.

“간단해. 넌 지탄다의 가설을, 축제가 시월이고 소동이 유월이라는 이유로 부정했어. 그렇지만 말이지, 《빙과》와 《단결과 축포》를 모두 믿는다면 소동은 유월, 퇴학은 축제하고 시기가 같은 시월이거든. 지탄다가 내놓은 설의 그 부분을 부정할 요소는 없어지는 셈이야. 폭력 행위에 따른 퇴학이었다면 넉 달이나 어긋나는 건 묘하지 않냐.”

집행 유예라도 있다면 모르겠지만. 속으로 그렇게 덧붙였다.

"하지만 그건……."

즉각 반론이 돌아왔다. 이바라도 알고 있었던 모양이다.

"《빙과》 쪽이 정확하지 않잖아. 《단결과 축포》엔 유월이라고 명기되어 있지만, 《빙과》엔 '벌써 일 년이다'라고만 씌어 있지. 사건은 유월, 퇴학도 유월, 축제는 시월. 절대로 불가능한 건 아닌 것 같은데."

넉 달이라. 글쎄, 어떨까. 어쩐지 이바라답지 않은 견강부회 같은데.

내가 망설이는 사이에 지탄다와 사토시가 판정을 내렸다.

"전 무시할 수 없는 숫자라고 생각해요."

"내 생각도 그래. 축제를 기준으로 일 년이라고 했다면 역시 퇴학은 시월로 봐야지."

나는 잠자코 고개를 끄덕이는 것으로 두 사람에 대한 소극적 찬성의 뜻을 표했다.

3대 1. 이바라는 입술을 삐죽 내밀었다.

"우, 성격이 왜들 그렇게 깐깐해."

그 표정이 이바라와 어울리지 않게 귀여웠던지라 분위기가 누그러졌다. 사토시가 가볍게 기지개를 켜더니 편한 어조로 말했다.

"그렇지만 방향은 좋다고 생각해."

지탄다는 고지식한 정좌를 풀지 않은 채 미소를 지으며 찬성했다.

"네, 그래요. 근본적인 수정은 필요 없을 것 같아요."

나도 그렇게 생각한다. 뭐랄까, 오리무중인데 안개는 걷히지 않았지만 지도는 찾은 듯한, 격화소양이지만 발이 가렵다는 것을 안 듯한. 《빙과》와 《단결과 축포》 이 두 자료만으로 추측할 수 있는 것은, 실제로 이바라의 가설 정도가 한계 아닐까. 나머지는 사토시와 내 자료로 세부를 보완하면 되고, 그래서 치명적인 모순이 발생한다면 그때 가서 다시 생각하면 그만이다.

그러고 보니 내 자료는 어땠더라? 오늘은 자료만 모아 오는 자리라고 생각했던 탓에 별로 진지하게 숙독하지 않았다.

"그럼 내 차례는 이걸로 마쳐도 되겠어?"

이바라가 말하고 지탄다가 고개를 끄덕였다.

시계 방향으로 발표한다면 다음 순서는 사토시다. 지탄다의 재촉을 받고 사토시가 프린트를 나눠 주기 시작했다. 그러다 문득 동작을 멈추더니 녀석은 실로 가볍게 말했다.

"아, 맞다. 깜박하고 말 못 했는데 내 자료로 마야카의 가설은 부분 부정돼."

사토시가 나눠 준 프린트는 뜻밖에도 벽신문 《가미 고 월보》였다. 그러고 보니 도가이토는 《가미 고 월보》가 400호 가까이 된다고 말했다. 연간 평균 10호를 발행한다 해도 역사는 사십 년. 삼십삼 년 전 과월호도 존재하는 셈인가. 거기까지 생각 못 했다……. 칼럼에 동그라미를 쳐 놓았다.

자료의 내용 중 유효한 부분은 얼마 되지 않았지만 그 얼마 안 되는 부분이 과연 이바라의 가설을 명확히 부분 부정했다. 그것을 '깜박하고 말 못 하다'니 사토시도 대단한 근성이다. 대체로 이야기하는 순서를 지키기 위해서겠지만. 이바라를 흘깃 훔쳐보니 유쾌한지 불쾌한지 알 수 없는 복잡한 표정이었다. 이바라로서는 자신이 지탄다에게 한 일을 사토시에게 당한 셈이니 심경이 복잡한 것도 당연한 일이리라. 사토시가 '깜박하고 말 못 한' 것도 단순히 선례를 따른 것인지도 모른다. 물론 시시껄렁한 장난으로.

▼ 정학 2명, 엄중 주의 5명이 발생한 지난주 특별동에서의 소요는 긍지 있는 가미야마 고교 문화부의 품위를 현격히 떨어뜨리는 일이다. ▼ 물론 도둑도 할 말이 있다고, 비판이 쏟아지는 영화 연구회의 주장에도 일리가 아예 없는 것은 아니다. 애초에 필자도 사진부가 전적으로 옳다고 생각하지는 않는다. ▼ 문제는 그 해결에 주먹을 썼다는 점

이다. 협상하려는 노력도 제대로 하지 않고 선입관과 편견만으로 안이하게 폭력에 호소하다니 한심하고 꼴사나운 일이다. ▼ 특히 중재에 나선 사치무라 유키코 양(신극新劇부 · 1학년 D반)에게까지 주먹을 휘두른 영연 3학년 제군에게 깊은 반성을 촉구하는 바이다. 사치무라 양은 현재도 통원 치료중이다. ▼ 전설적인 재작년의 운동에서는 결코 폭력을 쓰지 않았다. 전교생이 그 정도로 노여움에 타올랐어도 우리는 단결을 깨뜨리는 일 없이 마지막까지 비폭력 불복종을 관철했다. ▼ 이는 우리가 자랑해 마땅한 것이며 그 정신은 전통으로 이어져야 하리라.

사토시는 담담한 표정으로 설명을 시작했다.

"내가 조사한 건 벽신문부가 발행하는 벽신문《가미 고 월보》의 과월호야. 도서실 서고에 잠들어 있는 걸 발견한 이래로 방과 후의 무료함을 달랠 겸 읽어 봤거든. 하지만 삼십삼 년 전 사건 자체를 언급한 자료는 없었고, 간접적으로 다룬 것도 이 정도지 뭐야. 솔직히 예상이 빗나갔어. 뭐, 과월호라곤 해도 남아 있는 건 전체의 절반쯤인데다, 그 절반도 매직 같은 걸로 낙서되어 있고 보존 상태가 좋지 않았으니 어쩔 수 없을지도 모르지만. 그래서, 요약한 게 이거야."

○ 사건에서 폭력은 사용되지 않았다.

○ 사건은 전교생에게 영향을 미치는 것이었다.

○ 사건중에 '우리'는 단결했다.

○ 사건에서 비폭력 불복종이 관철되었다.

"맨 처음 것하고 마지막 건 대칭 관계는 아니지만 뭐, 비슷하겠지. 그리고 사건에서 폭력이 사용되지 않았으니 마야카의 설은 궤도 수정. 중간 것 두 개도 거의 비슷한 뜻이겠지. '우리'라는 게 전교생을 가리키는지 아닌지, 정의를 놓고 보면 의문의 여지가 있지만 이건 어느 쪽이든 상관없다고 할 수 있을지도 몰라."

그런가?

어쩐지 석연치 않았는데, 사토시가 그것을 꿰뚫어 본 것처럼 설명을 보충했다.

"전교생=우리라면 학생 전체가 사건에 관여한 게 되고, 그렇지 않다면 전교생의 지지 아래 '우리'가 사건에 관여한 게 되니까. 별 차이는 없잖아?"

아닌 게 아니라.

"보고는 이상으로 끝. 질문 있으면 얼마든지."

잠시 침묵이 흘렀다. 지탄다가 확인하듯 말했다.

"……질문은 없으신가요?"

그렇군. 문득 생각난 게 있어서 손을 들었다.

"사토시, 이 '전설적인 운동'이라는 게 우리가 뒤쫓고 있는 사건이 틀림없냐? 이 프린트만 봐서는 어째 미심쩍은데."

나는 단순히 확인만 할 생각이었다. 그러나 내 의도와 달리 사토시는 고개를 가로저었다.

"글쎄. 이게 그 사건이란 증거는 없어."

"무슨 말이 그러냐."

어조는 냉정하지만 어쩐지 무책임한 말이다. 사토시가 심원한 지식과 풍부한 정보를 갖추고 있으나 사용에는 무관심한 경향이 있다는 것은 알고 있었지만.

"그래선 네 자료는 자료가 못 된다고."

"역시 그런가."

"역시는 무슨."

그때 이바라가 끼어들었다.

"하지만 방증이라면 있어."

"호오."

"우리가 뒤쫓는 사건도 나름대로 떠들썩한 사건이었잖아? 두 동아리에서 문집에 거론할 정도였고. 그 사건이랑 이 '전설적인 운동'이 다르다면, 두 가지 사건이 있었는데 이쪽이 '전설적인 운동'이라고 시사하는 말이 있을 만하지 않겠어?"

사토시가 손뼉을 딱 쳤다.

"맞아, 나도 그 말을 하고 싶었어. 마야카는 역시 다르네."

아니, 너는 그런 생각이 없었어. 어쨌든 이바라의 의견은 일리가 있다. 역시 확실한 증거는 없지만, 애초에 확실한 증거를 원하지 않으니 상관없다. 지탄다도 모순이 적은 '추정'을 하는 것이 목적이라고 말했고, 무엇보다 증거를 내놓으라고 수선을 피우는 낭비는 하기 싫다. 나는 손바닥을 팔랑팔랑 흔들어 납득했다는 의사를 표시했다.

다른 질문은 나오지 않았다.

"그럼 가설로 넘어가 주세요."

그러자 사토시는 쓴웃음을 지었다.

"음, 가설이란 말이지."

"왜 그러시죠?"

"지탄다, 회의 진행을 어지럽혀서 미안하지만 가설은 없어. 내가 찾아와 놓고 말하긴 뭐하지만, 달랑 이 칼럼 하나만으로는……. 기껏해야 이바라 가설을 수정하는 게 고작이야. 게다가."

사토시가 이어서 무슨 말을 할지 알 수 있었다. 너는 이렇게 말할 것이다. 데이터베이스는…….

"데이터베이스는 결론을 내릴 수 없거든."

결국 사토시는 가설을 세우지 못했다. 어쩔 수 없으리라. 녀석에게는 애초에 기대하지 않았다.

문제는 나다. 곤란하게 됐다. 이럴 줄 알았으면 자료를 숙독하고 올 것을 그랬다. 가설이 수립될까. 내 그런 내심의 동요를 아랑곳하지 않고 회의가 진행되었다.

"그럼 오레키 씨, 부탁드려요."

나는 고개를 끄덕이고 프린트를 나눠 주었다. 나눠 주면서 다시 한번 대충 훑어보았다. 사건과 연관이 있을 것으로 보이는 분량은 사토시와 거의 다를 바 없다. 무미건조하게 나열된 사실들, 그것이 내가 찾아온 자료였다.

1967년의 일본과 세계

국민 총생산(GNP)이 45조 엔을 돌파, 자본주의 국가 중 3위에 올랐다. 1968년에는 서독을 제치고 2위로 부상.

8월, 마쓰모토 후카시 고등학교 학생들이 니시호타카 산 등산 중 낙뢰로 열한 명이 사망.

이해 와세다 대학 투쟁의 대규모 동맹 휴업을 계기로 학생 운동은 더욱 과격화.

1967년의 가미야마 고등학교

○ 4월, 아이다 다스쿠 교장은 '한촌의 글방에 만족해서는 안 된다. 우수한 인재 육성이 바로 교육의 본분이다. 고등교육을 받을 소양을 육성하는 것이 금후 중등 교육의 과제다'라며 교육 방침 전환을 시사.

○ 6월 13일, 방과 후에 '축제를 생각하는 모임'.

○ 7월, 미국 시찰(만닌바시 요 교사)

□ 10월 13－17일, 축제.

□ 10월 30일, 체육 대회.

□ 11월 15－18일, 2학년 수학여행. 다카마쓰, 미야지마, 아키요시다이를 도는 코스로 실시.

○ 12월 2일, 잇따른 교통사고에 대해 전교생 집회에서 한층 각별한 주의를 환기함.

○ 1월 12일, 눈의 무게로 체육 창고의 일부가 파손.

□ 1월 23, 24일, 1학년 스키 강습.

"호타로, 이거 혹시…… ."

나는 무뚝뚝한 표정으로 대답했다.

"그래, 『가미야마 고등학교 오십 년의 발자취』. 공적 기록에도 뭐가 나와 있지 않을까 싶어서 말이지. 결과는 보다시피 이렇다만."

앞서 한 세 사람의 발표 방식을 떠올렸다. 선례를 따른다면 우선 이 자료를 요약해야 하는데.

…….

요약할 내용이 없지 않나.

딱히 무책임하게 아무렇게나 가져온 자료는 아니다. 그러나 다시금 보니 이것 하나만으로는 의미가 거의 없는 것도 사실이다.

어떻게 하면 좋을까 고민하는데, 문득 이대로 슬쩍 넘기자는 생각이 떠올랐다. 어차피 여학생 한 명에게 받은 부탁에 불과하고, 그래 봤자 고등학교 특별 활동이다. 구태여 작정하고 이러니저러니 머리를 쥐어짤 필요도 없다. "미안하지만 방법이 없다, 야"라고만 하면 나머지는 지탄다와 이바라가 어떻게든 할 것이다. 그게 나다운 방식이다.

하지만 그 선택은 너무나, 너무나도 회색이 아닐까.

나는 고개를 들고 말했다.

"미안한데 발표하기 전에 잠깐 화장실 좀 써도 되냐?"

지탄다가 풋 웃었다.

"네, 그러세요."

사토시가 긴장했느냐고 놀렸지만 상대하지 않았다. 안내

해 주려고 일어선 지탄다를 따라가기 전에 나는 무심함을 가장해 자료들을 주머니에 챙겨 넣었다.

무의미하리만큼 널따란 화장실에서 생각해 보았다.

넉 장의 프린트. 네 개의 자료.

그리고 지금까지 나온 말들.

그것들을 하나로 엮어 얻을 수 있는 추정은? 삼십삼 년 전 무슨 일이 있었나?

나는 생각했다.

그리고 한 가지 결론을 얻었다.

"미안한데 내가 착각하는 바람에 가설은 준비해 오지 않았다. 그러니까 내 차례는 끝난 걸로 하고 결론으로 들어가지 않을래?"

내가 그렇게 제안하자 사토시의 웃음 띤 얼굴에 심술궂은 표정이 섞였다.

"호타로, 뭐 생각난 게 있구나?"

"남의 마음을 읽지 마라. ……음, 일단 설명은 될 거다."

"전……."

지탄다가 나지막이 말했다.

"그렇게 되지 않을까 싶었어요. 만약 모순이 없고 설득력 있는 가설을 수립하는 게 가능하다면, 오레키 씨가 해낼 거라고요."

……….

아니, 글쎄다, 그건 좀.

"오레키 씨 생각을 들려주세요."

"그러게. 꼭 들어 보고 싶은걸."

"지금까지의 경위를 생각하면 기대된다, 얘."

이것들이 정말. 부담을 느끼는 것은 아니지만 이 정도로 주목을 받으니 이야기하기 껄끄럽다. 그나저나 어디서부터 이야기할까. 나는 잠시 생각한 끝에 말했다.

"그래, 그럼 육하원칙으로 설명해 볼까. 언제, 어디서, 누가, 어떻게, 왜, 무엇을…… 맞지?"

지탄다가 고개를 끄덕였다.

"그래. 그럼 우선 '언제'. 삼십삼 년 전이라는 건 알고 있고, 문제는 유월이냐 시월이냐야. 《단결과 축포》에 따르면 유월, 《빙과》의 서술을 엄밀히 따른다면 시월이지. 하지만 여기서는 양쪽을 모두 믿기로 해. 즉, 사건은 유월이고 '선배가 떠난' 건 시월이다."

이바라가 불만스레 눈살을 찌푸렸다. 방금 전 다른 사람도 아닌 내가 그것은 모순이라고 걸고넘어졌으니 그럴 만도 하지만 일부러 무시했다.

"다음은 '어디서'. 이건 가미야마 고등학교라 생각해도 특별히 문제없겠지. 그리고 '누가'. 《단결과 축포》에서 사건의 주역은 고전부 부장 세키타니 준이라는 걸 알 수 있어. 거기에 좀 더 덧붙일까. 《가미 고 월보》에서 전교생도 주역의 일부였다는 걸 알 수 있지."

내 설명에 틀린 점은 없는지 이따금 자료에 눈길을 주며 말을 이었다. 여기까지는 딱히 문제없다. 이다음부터가 본론이다.

"'왜'. 전교생이 일어섰다면 상대방은 필연적으로 교사들일 거다. 이바라의 말을 빌리자면 그 이유는 '자주성을 잃어서'야. 그리고 사건의 원인은 축제고."

그렇게 단정하자 모두의 얼굴에 일제히 물음표가 떠올랐다. 심장 떨린다.

"……그런 말이 있었던가요?"

"그야 축제 무렵에 퇴학했다는 말은 있었지만, 사건 자체가 축제랑 상관있었다는 말은 없지 않았어?"

고개를 가로저었다.

"아니, 상관이 있어도 크게 있지. 결론부터 말하자면, 사건으로 인해 유월에 교사 측과 학생 측이 협상을 해서 시월에 축제가 무사히 개최된 거라고 본다, 난."

사토시가 『가미야마 고등학교 오십 년의 발자취』를 유심히 살펴보더니 이의를 제기했다.

"이 '축제를 생각하는 모임' 말이야? 하지만 이게 어째서 사건으로 인해 열렸다고 말할 수 있는 거지? 지금은 없어도 삼십삼 년 전엔 매년 정기적으로 하는 행사였을지도 모르잖아."

"그것도 아니지. 기왕 손에 든 김에 『오십 년의 발자취』를 좀 더 잘 살펴보라고."

사토시뿐 아니라 지탄다와 이바라도 프린트를 뚫어지게 쳐다보았다.

"문장 첫머리의 마크가, 동그라미도 있고 네모도 있네요."

"……알았다! 네모가 매년 정기적으로 하는 행사고 동그라미가 그해에 일어난 일이구나!"

"아마 맞을 거다. 범례가 없는 불친절한 자료지만 다른 해를 봐도 마찬가지인 것 같더라."

나는 프린트를 바꿔 들었다. 『가미야마 고등학교 오십 년의 발자취』에서 《빙과》로.

"어째서 삼십삼 년 전에 한 해에만 축제를 생각하는 모임 같은 게 열렸나? 학생들의 강력한 요구, 사건이 될 만큼 강력

한 요구가 있었기 때문이야. 그럼 학생들은 어째서 모임을 요구했나? 그 힌트가 《빙과》에 있거든."

나는 그 부분에 볼펜으로 밑줄을 그었다.

"여기야. '이 일 년 사이에 선배는 영웅에서 전설이 되었다. 축제는 올해도 닷새간 성대하게 거행된다'. 이상하지 않냐?"

잠시 기다려 봤지만 아무도 지적하지 않기에 뒷말을 이었다.

"축제가 거행된다는 건 처음부터 알고 있는 사실이야. 구태여 덧붙여 쓸 필요가 없는 정보지. 그렇다면 이 문장의 요점은 '거행된다'가 아니라 '닷새간' 쪽에 있는 게 아닐까."

"……무슨 말을 하고 싶은 건지 잘 모르겠어. 오레키 네 말이 죄다 맞는다곤 생각하지 않지만 만약 그렇다면 뭐가 어떻게 되는 건데?"

"닷새간 거행되는 게 영웅이 거둔 성과라는 말이야. 다시 한번 『가미야마 고등학교 오십 년의 발자취』로 돌아가자면, 사월에 교장의 발언이 실려 있지. 이건 있는 그대로 읽으면 학력 중시 선언이야. 지금부터 내가 할 말은 추정이라고 생각하고 들어 줘라.

우리 학교 축제는 평일에, 그것도 닷새간 개최돼. 이건 다른 고등학교에 비하면 꽤 길단 말이지. 이 축제는 우리 학교 특별 활동의 상징이야. 만약 교장이 학생의 특별 활동보다 학력을 중시하겠다는 방침을 학생들에게 각인시키려 한다면…… 상징적으로 축제를 축소하는 방법이 가능할 거다. 그러나 학생들이 노했어. '전교생이 그 정도로 노여움에 타오른' 거야. 이게 사건의 원인, '왜'다."

목이 말랐다. 보리차라도 한 잔 얻어 마시고 싶은데……. 이야기를 끝맺고 볼 일인가. 침을 삼키고 이야기를 계속했다.

"다음은 '어떻게'. '고전부 부장 세키타니 준 군의 영웅적 지도에 힘입은' '과감한 실행주의'로. 끝으로 '무엇을'. 학생들은 학교의 방식에 화를 냈지만 '비폭력 불복종' 방침을 채택해 폭력은 휘두르지 않았어. 하지만 실제로 축제를 생각하는 모임이 열렸고 결국 축제는 닷새간 거행됐단 말이지. 압력이 가해진 거야. 물리적인 폭력은 없었어도 사전적으로 넓은 의미의 폭력이 없었을 것 같진 않아. 비폭력이면서 다인수로 벌이는 항의 활동. 이다음은 단정은 못 하겠다. 사토시 쪽이 더 잘 알겠지. 내가 생각해 낼 수 있는 건 단식 투쟁, 데모 행진, 태업쯤 될까. 학교 측은 압력에 굴복해 학생 측과 협상하는 자리를 마련했고 축제 축소를 단념했어. 그러나 그 대가로 '영웅' 세키타니 준을 퇴학시킨 게 아닐까."

그러고는 마지막으로 덧붙였다.

“그러면 왜 사건과 퇴학 시기가 일치하지 않는가. 세키타니 준은 유월 시점에서 운동의 중심인물이었어. 그런 그를 퇴학시켰다간 소동이 더 커지겠지. 그러니 퇴학을 뒤로 미룬 게 아니겠냐. 열기가 식었을 무렵, 즉, 축제가 끝난 뒤에.”

설명을 마치고 나지막이 한숨을 쉬었다. 문득 여름의 열기가 돌아온 듯했다.

이로써 대충 설명이 되리라.

열의 없는 박수 소리가 들려왔다. 사토시가 손뼉을 치고 있었다.

“야아, 제법 훌륭했어, 호타로. 응, 과연 그렇겠는걸.”

이바라는 말없이 자료를 정리하기 시작했다. 어쩐지 화난 것처럼 보이는데, 늘 그런 모습이기는 하다.

그리고 지탄다로 말하자면…….

아가씨는 서커스를 구경한 천진난만한 어린애처럼 흥분해서 빠른 말투로 주워섬겼다.

“대단해요! 대단해요, 오레키 씨. 겨우 이 정도 자료를 가지고 거기까지 풀어내다니……. 역시 처음부터 오레키 씨께 부탁드린 제 판단이 옳았네요!”

나도 칭찬을 받으면 기쁘다. 쑥스러운 미소가 지어지는 것을 스스로도 알 수 있었다.

보아하니 지탄다의 문제는 해결되고 문집 제작도 가닥이 잡힌 것 같다. 사월 말 지탄다를 처음 만난 이래로 잇따라 벌어진 성가신 문제들도 이로써 일단락된 건가.

사회자로서 지탄다가 회의를 진행했다.

"여러분, 질문 있으신가요?"

질문은 나오지 않았다. 지탄다는 힘차게 고개를 끄덕이고 결론으로 들어갔다.

"그럼 방금 오레키 씨가 제시한 설을 축으로 금년도 문집을 만들기로 해요. 자세한 내용은 나중에 의논하기로 하죠. 그럼 이것으로 해산하겠습니다. ……수고 많으셨습니다."

일동, 막연히 묵례.

집으로 돌아가는데 지탄다가 현관까지 나와 배웅해 주었다. 지탄다는 웃는 얼굴이었다. 오늘 성과에 만족했다는 것을 잘 알 수 있었다.

"정말 감사드려요."

지탄다가 정중히 머리를 숙여 절했다.

"나 혼자 푼 게 아냐."

그 말만 하고 신발을 신었다. 한발 앞서 밖으로 나간 사토시가 얼른 나오라고 재촉했다. 나는 길눈이 밝은 편이 아니다. 갈 때도 사토시에게 안내를 부탁해야 하다니 유감스러운 일이다.

"그럼 학교에서 보자."

"네, 그럼……."

나는 가볍게 손을 흔들고 지탄다의 집을 뒤로했다.

나는 이미 떠난 다음이니 당연히 그 뒤 지탄다가 어떻게 했는지 모른다.

내가 가고 나서 현관 앞에 선 지탄다가 흠칫 놀란 표정을 지은 것도, 그러고 나서 나지막이 중얼거린 것도 그때는 몰랐다.

지탄다는 이렇게 말했다고 한다.

"하지만…… 그럼 전 왜 울었을까요?"

7

역사 있는 고전부의 진실

설전이 끝나고 날이 저물었다. 여름철의 전원에 주황빛이 번지는 가운데 멍하니 페달을 밟으며, 사토시는 알아듣기 힘들 만큼 작은 목소리로 말했다.

"솔직히 놀랐어, 호타로. 네가 한 말 자체에도 확실히 놀라긴 했어. 네 말이 맞는다면 우리 간야제는 적어도 한 사람의 고교 생활을 대가로 성립한다는 뜻이니까. 하지만 그보다 난 네가 자료를 해독하려고 한 것 자체에 놀랐거든."

"내 능력을 의심했던 거냐?"

농담조로 되받아쳤으나 사토시는 웬일인지 웃지 않았다.

"가미 고에 입학한 이래로 넌 몇 가지 수수께끼를 풀었지.

지탄다를 처음 만났을 때도, 사랑 없는 애독서 때도 네가 생각해 냈고, 듣자 하니 벽신문부 부장한테도 한 방 먹였다던데."

"어쩌다 그렇게 된 거다."

"결과는 아무래도 상관없어. 문제는 회색인 호타로 네가 수수께끼 풀이 같은 귀찮은 일을 했다는 거야. 왜 그랬는지 이유는 알아. 지탄다를 위해서지?"

나는 고개를 갸웃하며 과연 그랬는지 기억을 되살려 보려 했다.

지탄다를 위해서라고 하면 어폐가 있지만 지탄다 탓이라고 하면 납득이 가는 면은 있다. 그렇지 않아도 사토시가 전에 이런 말을 했다. 나는 타인이 부려야 움직인다고. 직접적인 형태로는 아니지만 내가 지탄다에게 부려져 그런 성가신 일들을 처리한 것은 분명하다. 그러나.

"그렇지만 오늘은 달랐어."

그래, 오늘은 달랐다.

"넌 그냥 빠질 수도 있었어. 오늘 수수께끼를 푸는 책임은 우리한테 사 등분 되어 있었어. 네가 모르겠다고 도망쳐도 아무도 뭐라고 안 했을 텐데, 어째서 화장실에 틀어박히면서까지 해답을 찾아내려 한 거야?"

날이 저물어 간다. 바람이 시원하게 느껴졌다. 나는 사토시에게서 시선을 떼고 앞을 보았다.

"지탄다를 위해서야?"

사토시가 그런 의문을 갖는 것도 당연하다. 여느 때 같으면 나는 그것을 풀 생각을 하지 않았을 것이다. 오늘의 나는 꽤나 활동적이었다.

글쎄…… 뭐라고 말하면 좋을까.

내가 왜 그랬는지 대충은 알고 있다. 그것은 지탄다와는 거의 무관하다. 그러나 내가 아는 것과 타인에게 설명하는 것은 별개의 이야기다. 내 인식을, 개념 기반에서 언어 기반으로 다듬어야 전달이 가능하다. 상대가 텔레파시 능력자인 사토시라 해도.

아니, 오랜 세월 친구로 지내 온 사토시이기에 설명이 쉽지 않았다. 왜냐하면 오늘 내가 한 행동과 그 동기는 지금까지의 내 규범에서 일탈하는 것이기 때문이다.

물론 설명할 의무는 없다고도 할 수 있다. 내가 뭘 어떻게 하건 너와는 상관없는 일이라고. 그러나 나는 사토시에게 대답하고 싶었고, 나 자신을 정리해 보고 싶었다. 얼마 동안 침묵한 끝에 할 말을 고르며 입을 열었다.

"……슬슬 회색도 싫증 나서 말이다."

"?"

"지탄다도 참, 에너지 효율이 그렇게 나쁠 수 없어. 부장으로서 문집 제작을 준비하고, 학생으로서 시험에서 좋은 성적을 거두고, 인간으로서 추억을 좇아. 용케 지치지도 않는다 싶다. 그건 너도 그래, 이바라도 그렇고. 너희 방식은 허비가 많아."

"응…… 뭐, 그럴 수도 있겠지."

"그렇지만 말이다, 옆집 잔디밭이 더 푸르러 보이게 마련이거든."

좀 더 그럴싸한 표현이 있을 것 같아 일단 말을 끊었다. 그러나 말이 잘 나오지 않았다. 하는 수 없이 뒷말을 이었다.

"너희를 보다 보면 가끔씩 마음이 불안해질 때가 있어. 난 마음 편히 살고 싶다. 그렇지만 난 재미있는 게 아무것도 없어."

"……."

"그러니까 최소한, 그, 뭐냐. 추리라도 해서 한몫 끼고 싶었던 거야. 너희 방식에."

입을 다물자 페달 돌아가는 소리와 바람 소리만 들려왔다. 사토시는 아무 말도 하지 않았다. 사토시는 일단 입을 열면 청산유수지만 아무 말 하지 않는 것도 가능한 사람이다. 녀석의 그런 점은 마음에 든다. 그러나 지금은 무슨 말이든 해 주기를 바랐다. 일시적인 기분으로, 그것도 사후에 갖다 붙인 이유에 대해 침묵은 반갑지 않았다.

"뭐라고 말 좀 해 봐라."

웃으며 재촉하자, 사토시는 그제야 미소도 띠지 않고 말했다.

"호타로 넌……."

"응?"

"넌 장밋빛이 부러웠어?"

나는 생각하지 않고 바로 대답했다.

"그럴지도 모르지."

내 방. 올려다보고 있는 천장이 희다.

나는 사토시에게 한 말을 되새겼다.

즐거운 일은 나도 좋아한다. 바보 같은 이야기도, 팝 음악도 나쁘지 않다. 고전부에서 지탄다에게 휘둘리는 것도 나름대로 시간을 때우는 좋은 방법이다.

그러나 만약 즉흥이나 웃음으로 넘길 수 없는 어떤 것에 푹 빠져, 시간도 노력도 얼마가 들어가든 상관없다고 생각할 수 있다면……. 그러면 더 즐겁지 않을까. 그것은 에너지 효율이 악화되는 것을 감수해서라도 손에 넣을 가치가 있는 일이 아닐까.

예컨대 지탄다가 과거를 원했던 것처럼.

그리고 무엇보다도, 내가 그려낸 삼십삼 년 전의 '영웅' 세키타니 준이 간야제를 지켰던 것처럼.

시선은 어느 한 곳에 초점을 맞추지 않은 채 방황한다. 역시 이런 생각을 하기 시작하면 매번 마음이 안정되지 않는다. 흰 천장에 이리저리 시선을 던지다 돌아누워 바닥을 보는데, 아무렇게나 던져 둔 누나의 편지가 눈에 띄었다.

시선이 편지에 쓰인 한 문장에 빨려들었다.

—십 년 뒤 지금 이 시간을 후회하지 않을 거야.

십 년 뒤. 그래 봤자 평범한 인간인 내게는 흐릿하게만 느껴지는 먼 미래다. 그때 내 나이 스물다섯 살. 스물다섯 살의 나는 십 년 전을 어떻게 돌아볼까. 무엇을 완수했노라고 생각할 수 있을까. 세키타니 준은 스물다섯 살 때 열다섯 살의 밤을 아쉬워하지 않았을 텐데.

나는…….

갑작스레 전화벨이 울렸다.

아니, 조짐이 있는 전화야 없겠지만, 심리적으로 허를 찔렸다는 의미에서 갑작스러웠다. 의식이 급속하게 현실로 돌아왔고 초조감도 단숨에 후퇴했다. 꾸물꾸물 일어나 전화를 받으러 아래층으로 내려갔다.

"……오레키입니다."

"어라, 호타로니?"

등줄기가 긴장했다. 귀에 익은 목소리였다. 내 생활 스타일에 혼란을 가져오고 더욱 고차원적인 말썽거리를 끌어들이는 목소리. 전화를 건 사람은 오레키 도모에였다. 멀리 서아시아를 방랑하다가 모사드인지 뭔지에 쫓겨 일본 영사관에 피신중이던 누나. 국제 전화라 그런지 목소리가 불분명하고 잘 들리지 않았지만 틀림없다.

나는 일단 오랜만에 목소리를 들은 순수한 감상을 전했다.

"살아 있었냐?"

"무슨 그런 실례되는 말을. 내가 강도 한둘 때문에 죽을 사람이니?"

역시 그런 일을 당했던가. 놀랍지도 않다.

전화 요금이 신경 쓰이는 것이리라. 누나는 빠른 말투로 지껄였다.

"어제 프리슈티나로 왔어. 유고슬라비아. 자금, 건강 상태 모두 문제없음. 계획은 순조롭게 소화중. 다음엔 사라예보에 가서 편지 쓸게. 천천히 갈 거니까 이 주쯤 뒤가 될 거야. 이상, 보고 끝! 그래서, 그쪽은 어때? 아무 일 없어?"

누나는 즐거워 보였다. 늘 그렇듯. 누나는 화도 많이 내고 울기도 잘하고 작은 일에 환희하는 정서 불안정 환자이지만, 기본적으로는 늘 즐거워 보인다.

나는 수화기 코드를 손가락으로 튕기고 말했다.

"아무 일 없어. 극동 전선 이상 무."

"그래, 그럼……."

누나는 전화를 끊으려 했다. 끊을 테면 끊어도 되고 하는 막연한 기분으로 말을 이었다.

"문집을 만들고 있어.《빙과》……."

"……어, 뭐라고?"

"세키타니 준에 관해 조사했어."

누나는 여전히 빠른 말투로 말했다.

"세키타니 준? 오랜만에 듣는 이름이네. 그래, 지금도 전해지는구나. 그럼 간야제는 아직도 금기어야?"

나는 그 말의 의미가 이해되지 않았다.

"……뭐라고?"

"그것도 비극이지. 기분 언짢더라."

금기어? 비극? 언짢았다?

그게 무슨 뜻인가. 누나는 무슨 소리를 하는 건가.

"잠깐 기다려 봐. 난 세키타니 준 이야기를 하는 거야."

"알아. '다정한 영웅' 말이잖아? 너야말로 알고 있는 거니?"

도무지 요령을 알 수 없는 대화였다. 같은 말을 하는데도 통한다는 생각이 들지 않았다.

그 이유를 직감적으로 깨달았다. 내가 잘못 생각했기 때문이다. 지탄다의 집에서 선보였던 분석이 틀렸거나, 아니면 충분치 않았던 게 틀림없다. 그러나 조바심치지 않았다. 누나는 아는 것 같다. 삼십삼 년 전 가미야마 고등학교에서 무슨 일이 있었는지를.

"누나, 세키타니 준에 관해 가르쳐 줘."

나는 나름대로 진지하게 말한 것이었다.

그런데 돌아온 대답은 명쾌했다.

"그럴 시간 없네요! 그럼 안녕!"

뚝. 뚜, 뚜, 뚜.

나는 수화기를 귀에서 떼고 멍청하게 그것을 응시했다.

"……."

이게 진짜…….

"망할 누나 같으니!"

수화기를 쾅 내려놓았다. 전화기가 흔들거리다 떨어져 요란한 소리가 났다. 내 노여움은 한층 배가되었다. 물론 이것도 누나 탓이다.

누나가 한 말이 잘 기억나지 않았다. 대화 속도가 워낙 빨랐거니와 확인할 겨를도 없었으니까. 그저 누나가 사건에 대해 부정적이었다는 이미지만 선명하게 남았다.

나는 침대에 펄쩍 뛰어올라 가방을 거꾸로 들고 고전부원 각자가 모아 온 자료를 와르르 쏟아 냈다. 《빙과》와 《단결과 축포》, 《가미 고 월보》, 『가미야마 고등학교 오십 년의 발자취』. 이스탄불에서 누나가 보내 온 편지는 아직 아까 그 자리에 떨어져 있다. 조금 전 문장을 다시 한번, 이번에는 다른 기분으로 읽어 보았다.

'십 년 뒤 지금 이 시간을 후회하지 않을 거야.'

십 년 뒤. 삼십삼 년 전 고전부 부장이었던 세키타니 준은 만약 살아 있다면 대략 쉰 살쯤 될 것이다. 살아 있다면 그는 고교 시절을 아쉬워하지 않을까.

아쉬워할 리가 없다고 생각하고 있었다. 자신의, 그리고 친구들의 정열을 위해 고교 생활을 계속한다는 선택을 포기한 '영웅' 세키타니 준은, 그 과단을 후회할 리 없다. 지탄다의 집에서 그의 결단을 추측한 이래로 막연히 그렇게 생각하고 있었다.

그러나 정말 그랬을까?

한낱 학교 축제 때문에 학교에서 쫓겨나 인생의 국면이 바뀌었다. 고교 생활 하면 장밋빛이다. 그러나 그 장밋빛이 고교 생활을 중간에 그만둘 만큼 강렬하다면, 그래도 장밋빛이라고 부를 수 있을까.

내 안의 회색 부분이 고했다. 그럴 리 없다고. 친구를 위해 모든 것을 바치고 모든 것을 용서한다. 그런 영웅이 그렇게 쉽게 만들어진다니 말이 되나 하는 생각이 고개를 쳐들었다. 그런 반발심을 차치한다 해도 누나는 그것을 비극이라고 불렀다.

한 번 더 검토해 보자. 이 프린트들에 기록된 모든 것을 끌어내자.

그래서 밝혀내고 말겠다. 삼십삼 년 전 세키타니 준이 정말로 장밋빛이었는지를.

이튿날 나는 사복 차림으로 학교로 가 그곳에서 몇 가지를 확인한 뒤 지탄다와 이바라, 사토시에게 전화를 걸었다. 용건은 지극히 간단했다. 나는 세 사람에게 이렇게 말했다.

"어제 일로 보충할 게 있어. 이걸로 결말이 지어질 거다. 지학 교실에서 기다리마."

세 사람이 나타났다. 이바라는 이미 끝난 일을 도로 끄집

어내는 나를 비아냥거리며, 사토시는 미소를 지으면서도 선례를 벗어난 내 행동에 의아한 표정을 지으며. 그리고 지탄다는 내 얼굴을 보자마자 이렇게 말했다.

"오레키 씨, 저 이 일에 관해 아직 알아야 할 게 있는 것 같아요."

그것은 나도 그렇다. 나는 고개를 끄덕이고 지탄다의 어깨에 손을 얹었다.

"괜찮아. 대부분은 오늘 보완할 수 있을 테니까. 조금만 더 기다려라."

"무슨 소리야, 오레키? 보완이라니?"

"보완은 보완이지. 불완전했던 걸 완전에 가깝게 하기 위해 벌이는 후속 작업이다."

나는 그렇게 말하고는 프린트 한 장을 꺼냈다. 《빙과》 제2호 서문이다.

"불완전하다니, 어제 오레키 씨가 말씀하신 가설이요? 틀렸던 건가요?"

"몰라. 방향이 잘못됐는지, 아니면 더 깊이 파고들었어야 했는지."

"모른다니, 모르면서 우리를 불러냈단 말이야?"

"일단 들어 봐라."

나는 프린트를 세 사람 쪽으로 돌려놓지 않은 채 그것을 바라보며 말했다.

"……《빙과》를 더 중요하게 생각해야 했어. 세키타니 준의 이야기는 영웅담이 아니었다고 명확히 씌어 있는데."

그것은 어제 사토시가 해결했던 문제다. 아니나 다를까, 사토시가 덤벼들었다.

"그건 어제 이야기한 부분이잖아."

"그래. 하지만 오독이었을 가능성도 있지."

"그런 식으로 말하자면……."

"그리고 '싸움도, 희생도, 선배의 미소조차도', 이 부분. 이 '희생'은 '희생'일 수도 있지만 '제물'이라고 읽을 수도 있단 말이지."

이바라가 눈살을 찌푸렸다.

"그게 왜 같은 거야?"

내가 설명하기도 전에 지탄다가 거들어 주었다.

"본래 그 두 가지는 같은 것이랍니다."

성적 상위권자는 역시 척하면 척이다. 나는 사전까지 찾았는데.

거기까지 듣더니 사토시가 한숨을 쉬며 말했다.

"……다른 식으로 해석할 수도 있다는 건 알겠어. 그렇지만 그런 건 당연한 일이잖아? 원래 어떤 뜻으로 읽는 게 정답인지, 그거야말로 쓴 장본인만 알 수 있는 거 아니겠어?"

물론 그렇다. 어제 해석한 뜻이 틀렸다는 말은 아니다. 본래 언어는 수학적 명확성을 갖추고 있지 않으니 복수의 답이 존재하는 것도 당연하다. 방금 한 말은 다르게 해석할 가능성을 지적한 데 불과하다.

하지만 정답을 얻는 방법은 있다. 나는 사토시에게 득의양양하게 고개를 끄덕였다.

"암, 그렇고말고. 장본인한테 물어보면 돼."

"……누구라고?"

"이 서문을 쓴 사람 말이야. 고리야마 요코 씨. 삼십삼 년 전 고등학교 1학년이었으니 현재 마흔여덟 내지 마흔아홉 살이겠지."

지탄다의 눈이 둥그레졌다.

"그 사람을 찾으신 거예요?"

나는 무뚝뚝하게 고개를 흔들었다.

"찾을 것도 없어. 바로 근처에 있으니까."

이바라가 고개를 휙 쳐들었다. 역시 이바라는 알아차렸나.

"아! 그렇구나!"

"그래."

"그렇다니?"

"뭐가 말이죠?"

이바라는 내게 시선을 주었다. 나는 가볍게 고개를 끄덕였다.

"……사서이신 이토이가와 선생님 말이야. 이토이가와 요코 선생님. 결혼 전 성이 고리야마구나, 그렇지?"

이바라는 도서 위원이다. 이토이가와 선생님의 풀 네임을 접할 기회도 많을 테니 일찌감치 알아차릴 줄 알았다.

"그래. 예컨대 이바라 사토시란 이름을 듣는다고 사토시가 이바라의 집에 데릴사위로 들어갔다고 생각하진 않겠지만, 한자까지 똑같으면 이야기는 별개지. 요코란 이름을 '養子'로 쓰는 경우는 좀처럼 없어. 하물며 이토이가와 선생님은 나이도 완전히 일치하고 말이야."

이바라는 팔짱을 끼고 신음하더니 투덜거렸다.

"오레키 너 역시 이상해. 내내 선생님 옆에 있었던 나도 네가 말할 때까지 몰랐는데, 잘도 그런 걸 알아차리네. 진짜 지이한테 머릿속 검사 좀 받지그래?"

전에도 말했지만 영감만큼은 운의 문제다. 그 때문에 지탄다에게 해부당하는 신세가 될 수는 없다.

한편 지탄다 본인은 점점 얼굴이 상기되었다.

"그럼, 그럼 이토이가와 선생님께 여쭈면……."

"삼십삼 년 전 일을 알 수 있을 거다. 그게 어째서 영웅담이 아니었는지, 어째서 표지가 그런지, 어째서 《빙과》라는 기묘한 제목을 붙였는지. 그리고 너희 삼촌에 관해서도 전부 가르쳐 주시겠지."

"하지만 이토이가와 선생님이 진짜 그렇다는 증거는 있는 거야? 이렇게 여럿이 우르르 몰려갔다가 알고 봤더니 딴 사람이면 싫은데."

그 부분은 걱정 없다. 나는 손목시계를 보았다. 어이쿠, 시간이 벌써 이렇게 됐나.

"실은 벌써 확인했다. 2학년 때 부장이었다더라. 약속도 잡아놨어. 자, 슬슬 시간 됐으니 가 볼까, 도서실로."

발길을 돌리자 이바라의 놀리는 듯한 목소리가 쫓아왔다.

"의욕이 넘치네."

그러게 말이다.

여름 방학중 도서실은 강렬한 햇빛으로 책이 상하지 않게 블라인드를 전부 내린다. 형식적으로 냉방을 한 실내는 여름 방학중인데도 간야제를 준비하는 학생들과 입시를 앞둔 3학년들로 만원이었다. 우리가 찾는 이토이가와 선생님은 카운터 뒤에서 뭔가를 쓰고 있었다. 전에 봤을 때와는 달리 안경을 쓰고 몸을 다소 앞으로 숙인 자세로 펜을 놀리고 있다. 체구가 작고 선이 가늘다. 얼굴의 주름에서 고등학교를 졸업한 지 삼십일 년이라는 세월이 느껴졌다.

"이토이가와 선생님."

나는 말을 걸었다. 선생님은 그제야 우리가 온 것을 깨달은 듯했다. 천천히 고개를 들고 미소를 지었다.

"아아, 고전부구나."

그러고는 혼잡한 실내를 둘러보고 말했다.

"사람이 많구나. 사서실로 갈까."

선생님은 우리를 카운터 안쪽 사서실로 안내했다.

아담한 사서실은 그야말로 사서 한 사람을 위한 방으로, 도서실과 마찬가지로 냉방은 그리 세지 않았다. 블라인드는 내려져 있지 않았으나, 이토이가와 선생님은 조용히 그것을 내리고는 우리에게 손님용 소파를 권했다. 좋은 향기가 난다 싶었더니 방 안에 하나뿐인 책상 위에 꽃이 장식되어 있었다. 자칫하면 못 알아차리고 지나갈 듯한 작고 수수한 꽃이었다. 손님에게 보여 주기 위한 게 아니라 본인이 즐기기 위한 꽃임을 알 수 있었다.

소파는 컸지만 아무리 그래도 네 명이 앉을 수는 없었다. 선생님은 구석에서 접는 의자를 가져와 "미안하지만" 하며 내밀었다. 왜 그런지 접는 의자는 자연스레 내 차지가 되고 나머지 세 명은 소파에 앉았다. 선생님은 자신의 회전의자에 앉아 책상에 팔꿈치를 얹은 채 몸만 이쪽으로 틀었다.

"나한테 물어볼 게 있다지?"

온화하게 그렇게 말을 꺼냈다. 그것은 고전부원 전원에 대한 물음이었으나, 이제부터 시작될 대화에서 고전부 대표는 당연히 내가 맡게 된다. 익숙지 않은 입장의 어색함을 얼버무리기 위해 팔짱을 끼고 다리를 꼬고 싶어졌으나 예의를 생각해 그만두기로 했다.

"네, 알고 싶은 게 있어요. 그 전에 한 번 더 이 녀석들 앞에서 확인하고 싶습니다만, 이토이가와 선생님의 결혼 전 성은 고리야마시죠?"

선생님은 고개를 끄덕였다.

"그럼 선생님이 이걸 쓰셨죠?"

주머니에서 복사한 종이를 꺼내 건넸다. 이토이가와 선생님은 종이를 받아 들고 훑어보더니 쿡 하고 웃었다. 부드러운 웃음이었다.

"그래, 맞아. 이거 놀랐는걸. 이런 게 아직 남아 있었다니."

내 눈에는 눈을 살짝 내리깐 듯 보였다.

"뭘 물어보고 싶은지 대충 알겠구나. 고전부 학생이 결혼 전 성을 물었을 때 혹시나 싶긴 했지만……. 너희, 삼십삼 년 전 운동에 관해 알고 싶은 거지?"

빙고다. 역시 이 사람은 알고 있다.

그러나 우리 얼굴에 기대가 어리는 것과 대조적으로 이토이가와 선생님은 조그맣게 한숨을 쉬었다.

"왜 이제 와서 그렇게 옛날 일을 알고 싶어 하는 거지? 이제는 잊힌 일일 줄 알았는데."

"네, 여기 있는 지탄다가 묘한 걸 궁금해하는 호기심 맹수만 아니었으면 저희도 못 알아차렸을 거예요."

"맹수?"

"죄송합니다. 호기심 환자요."

이토이가와 선생님과 사토시가 웃고 이바라가 불쾌한 표정을 지었다. 지탄다는 조그만 목소리로 뭐라 항의했지만 무시했다. 선생님은 미소를 지으며 지탄다에게 물었다.

"넌 왜 그 운동에 관심을 가졌니?"

지탄다가 허벅지에 올려놓은 손을 꽉 쥐는 것을 알 수 있었다. 긴장한 걸까. 지탄다는 짤막하게 대답했다.

"세키타니 준이 저희 삼촌이시기 때문이에요."

이토이가와 선생님은 "저런" 하고 탄성을 질렀다.

"그렇구나. 세키타니 준…… 오랜만에 듣는 이름이네. 잘

지내시고?"

"몰라요. 인도에서 행방불명되셨어요."

또다시 "저런" 하고 말했다. 선생님은 동요를 거의 내비치지 않았다. 사람이 오십 년쯤 살면 쉽게 흔들리지 않게 되는 걸까.

"그렇구나. 언젠가 한 번이라도 좋으니 꼭 다시 뵙고 싶었는데."

"저도 한 번이라도 좋으니 꼭 다시 뵙고 싶어요."

세키타니 준은 꼭 다시 한번 만나고 싶을 만큼 매력적인 사람이었을까. 그런 사람이라면 나도 만나 보고 싶은데.

지탄다는, 아마도 만감을 담아 천천히 말했다.

"이토이가와 선생님, 가르쳐 주세요. 삼십삼 년 전 무슨 일이 있었던 건가요? 삼촌의 사건은 어째서 영웅담이 아니었나요? 왜 고전부 문집은 《빙과》라고 하죠? ……오레키 씨의 추측은 어디까지 옳았나요?"

"추측? 그게 무슨 말이지?"

이토이가와 선생님은 내게 물었다. 사토시가 끼어들었다.

"선생님, 오레키는 명확한 자료가 없는 상황에서 단편들을 끼워 맞춰 삼십삼 년 전에 일어난 일을 추측했거든요. 이 녀석 이야기를 잠깐 들어 봐 주세요."

보아하니 어제 이야기를 되풀이해야 할 모양이다. 아니, 원래 그럴 생각이었지만, 당사자에게 단순한 추측을 이야기하려니 각오가 필요했다. 자신이 없는 것은 아니었고 설령 엉뚱한 소리였다 해도 틀리는 게 겁나지는 않았지만. 나는 입술을 축이고 어제처럼 육하원칙에 따라 추론을 전개했다.

"우선 사건의 주역 말입니다만……."

"……그래서 퇴학이 시월로 미뤄진 거라고 생각했어요. 이상입니다."

한 번 했던 이야기라 그런지, 스스로도 뜻밖일 만큼 논리정연하게 이야기할 수 있었다. 자료를 인용하지 않는 만큼 시간도 많이 걸리지 않았다.

내가 이야기하는 동안 내내 입을 다물고 있던 이토이가와 선생님은, 이야기가 끝나자 바로 이바라에게 말했다.

"이바라, 너희가 봤다는 자료, 지금 갖고 있니?"

"아뇨, 전……."

"저한테 있어요."

사토시는 끈 달린 주머니에서 두 번 접은 프린트들을 꺼내 이토이가와 선생님에게 건넸다. 선생님은 그것을 대충 훑어보고는 고개를 들었다.

"이걸로 방금 전 이야기를 구성했다는 거야?"

지탄다가 고개를 끄덕였다.

"네, 오레키 씨가요."

그 말에는 어폐가 있는데.

"이 녀석들 추론을 모아서 하나로 정리한 것뿐이에요."

"어느 쪽이든."

선생님은 숨을 후 내쉬었다. 프린트를 책상 위에 아무렇게나 내던지고 다리를 꼬았다.

"어처구니가 없구나."

"틀렸나요?"

이바라의 말에 선생님은 고개를 내저었다.

"꼭 직접 보고 온 것 같아. 오레키가 한 말은 거의 사실이란다. 과거의 우리를 꿰뚫어 보는 것 같아서 어째 섬뜩한걸."

나는 숨을 후 내쉬었다.

안도한 것은 분명하지만, 여기까지는 예상했던 대로다.

"그래서 나한테 뭘 더 물어보고 싶은 걸까? 답을 맞춰 보고 싶은 거라면 충분히 합격점을 줄 수 있는데."

"글쎄요, 전 모르겠어요. 호타로가 충분치 않은 데가 있다고 하는데요."

그래, 충분치 않다.

나는 내가 가장 물어보고 싶었던 것을 물었다. 세키타니 준은 장밋빛 고교 생활을 위해 모든 것을 바친 것이었나 아닌가, 하는 의미를 함축한 질문이었다. 구체적으로는 이렇다.

"제가 여쭤 보고 싶은 건 한 가지입니다. 세키타니 준은 자발적으로 전교생의 방패가 된 건가요?"

내내 온화했던 이토이가와 선생님의 표정이 그 한마디로 얼어붙은 것처럼 보였다.

"……."

선생님은 나를 꼼짝 않고 보았다.

나는 기다렸다. 지탄다도, 이바라도, 사토시도, 아마 그 질문의 의미를 잘 모를 텐데도 기다려 주었다.

침묵은 실제로는 오래 계속되지 않았다. 선생님은 이윽고 중얼거리듯, 그리고 어딘지 모르게 원망스레 이렇게 말했다.

"정말 꿰뚫어 보는 것 같구나. ……그 이야기를 하려면 역시 그해에 있었던 일을 이야기하는 편이 좋을까. 꽤 오래전 일이지만 지금도 똑똑히 기억한단다."

고리야마 요코는 이야기해 주었다. 삼십삼 년 전의 '유월투쟁'에 관해.

"우리 학교 축제는 지금도 다른 데에 비하면 활발하지만 예전에 비하면 꽤 얌전해진 편이란다. 당시 가미 고 축제는 학생들한테 살아가는 목표 같았어. 일본 전국에서 요동치고 있던, 옛것을 버리고 새로운 시대를 맞이하려는 에너지가 가미 고에선 축제란 형태를 띠었던 걸까.

그런데 내가 입학하기 몇 해 전부터 축제는 거의 폭동이나 다름없는 상태였어. 떠들썩하게 즐기다 못해 제어가 어려운 지경에 이르렀겠지. 그래도 훗날의 교내 폭력에 비하면 그나마 질서가 있는 편이었다고 생각하지만, 당시 선생님들 눈에는 도저히 묵과할 수 없다고 보였나 봐."

이토이가와 선생님이 회상하는 '당시'는 내게 있어서 일본 현대사의 범주에 속하는 이야기다. 일본 전국에 에너지가 요동치던 시대는 내게, 그리고 십중팔구 나와 같은 시대를 살고 있는 녀석들에게도 상상조차 어려울 것이다.

"그해 사월, 당시 교장 선생님이 교직원 회의에서 기합을 넣은 모양이야. 맞다, 여기 나와 있지. '한촌의 글방에 만족해서는 안 된다'. 지금 생각하면 아이다 교장 선생님은 그 뒤의 사회를 예견했던 걸 수도 있지만, 그때 이 말은 어디까지나 겉포장이고 축제를 없애겠다는 게 본심일 거라고 여겨졌어.

축제 일정이 발표됐을 때 큰 소동이 벌어졌어. 이제까지 닷새간 하던 걸 사흘 줄여서 이틀만 하고 평일 개최였던 걸

주말 개최로 바꿨으니 말이야. 사실 버릴 부분을 버리면 이틀만으로도 일정은 충분했는데, 요컨대 축제 기분을 망친 게 마음에 들지 않았던 거야.

발표가 난 뒤 온 학교에 긴장이 감돌았어. 무슨 일이 일어날 것 같다는 건 다들 느끼고 있었지.

지저분한 욕설로 학교를 비난하는 대자보가 먼저 등장했어. 그다음 연설회. 말이 연설회지, 단상 위에 올라서서 저 하고 싶은 말을 늘어놓는 것뿐이었지만 다들 흥분 상태였으니 말이야. 나름대로 갈채를 받았어. 그리고 문예 동아리 전체의 의견을 표명하자는 데까지 운동이 발전됐어.

그렇지만 말이지, 반발을 예상하면서도 축제 규모 축소를 강행한 걸 보면 학교 측의 각오도 예사롭지 않았거든. 조직적으로 반대 운동을 벌이려면 처벌을 각오해야 했어. 말만 번드르르했지, 한심하게도 결성된 동아리 연합 지도자로 입후보한 사람이 아무도 없었어."

이토이가와 선생님은 거기까지 이야기하더니 살짝 엉덩이를 들어 자세를 바꾸었다. 의자에서 삐걱 소리가 났다.

"그러다 운 나쁘게 걸린 게 너희 삼촌이신 세키타니 준이란다. 실제 운영은 다른 사람이 맡았지만. 그 사람은 절대 겉으로 이름을 드러내지 않았어.

운동은 점점 활발해져 결국 축소 계획은 없던 일이 됐어. 축제가 예년대로 개최됐다는 건 여기에도 썼지."

담담하고 감정이 섞이지 않은 말투에서 삼십삼 년이라는 세월이 느껴졌다. 운동의 열의도, 대표 자리를 서로에게 떠넘기는 비겁함도 이미 고전이 된 건가. 선생님은 "그렇지만 우리는 도를 넘고 말았어" 하고 말을 이었다.

"운동중에 우리는 수업 거부를 했어. 전교생이 운동장으로 나와 슬로건을 외쳤지. 운동이 최고조에 달했을 땐 캠프파이어까지 하고 사기를 북돋았단다. 사건이 벌어진 건 그런 밤이었어.

캠프파이어에서 불이 옮겨 붙은 건지 누가 일부러 그랬는지는 알 수 없지만, 격투기 훈련장에 불이 났어. 작은 불이라 금세 꺼졌지만 당시 꽤 낡았던 격투기 훈련장은 소방 호스의 수압으로 거의 허물어지고 말았어."

지탄다와 이바라의 표정이 굳었다. 나도 그랬을지 모른다. 듣기만 해도 그것이 얼마나 큰일인지 알 수 있었다. 간접적이었다고는 해도 학교 시설을 파괴했으니 넘어갈 리 없다.

"그것만은 어떻게 해도 정당화할 수 없고 그냥 간과할 수 없는 범죄 행위였어. 다행히 사태가 확대되는 걸 막으려고 학교 측도 경찰을 개입시키진 않았지만, 축제가 끝나기를 기다려 그 일을 문제 삼았을 때 아무도 반론할 수 없었어. …… 하기야 축제가 끝나 다들 그다음 일은 나 몰라라 하는 분위기였지만.

화재가 발생한 실제 원인이 밝혀지지 않은 채 본보기로 징계를 받은 게, 명목상의 지도자였던 세키타니 선배였던 거야.

당시 퇴학 처분은 지금보다 훨씬 간단했단다. 세키타니 선배는 마지막까지 침착했어. 그렇지만…… 자발적으로 방패가 됐느냐고 물었지?"

선생님이 내게 미소를 지은 것처럼 보였다.

"답은 이미 알겠지?"

긴 이야기를 마치고 이토이가와 선생님은 일어나 전기 포트의 물을 커피 잔에 따라 마셨다.

우리는 아무 말도 하지 않았다. 할 수 없었는지도 모른다. 지탄다의 입술이 보일 듯 말 듯 움직인 정도였다. '너무해요'인지 '잔인해요'인지, 그런 느낌의 말인 것 같았지만 확신은 못 하겠다.

"자, 이야기는 이걸로 끝이야. 더 물어보고 싶은 게 있니?"

선생님은 회전의자에 도로 앉아 변함없는 어투로 그렇게 말했다. 선생님에게 이것은 이미 지나간 과거의 이야기인 것이다.

이윽고 입을 연 사람은 이바라였다.

"그럼 그 표지는 그때 일을 그린 거군요……."

선생님은 잠자코 고개를 끄덕였다.

《빙과》의 표지가 생각났다. 개와 토끼가 서로 치고받고 싸우는 그림. 두 마리를 여러 토끼들이 먼발치에서 바라보고 있었다. 개는 학교 측, 토끼는 학생. 개와 더불어 파멸한 토끼가 세키타니 준인가.

선생님의 이야기를 듣는 사이에 짚이는 바가 있었던 터라 나도 말했다.

"가미 고 시설 중에서 격투기 훈련장만 유난히 낡은 건, 격투기 훈련장이 그때 재건됐기 때문인가요?"

격투기 훈련장이 낡은 것은 사월에 지탄다가 마음에 걸려 했던 부분이다. 그때는 아무 생각 없었는데.

"그래. 공립 학교 건물은 정해진 내용 연수耐用年數가 지나야만 다시 지을 수 있거든. 십 년쯤 전에 일제히 새로 지었을 때 격투기 훈련장만은 아직 내용 연수가 지나지 않았던 거야."

이어서 사토시가 진지하게 말했다.

"저, 선생님. 선생님은 간야제란 말을 안 쓰시네요."

무슨 그런 엉뚱한 소리를 하나 싶었으나, 뜻밖에도 선생님은 엷게 웃었다.

"넌 그 이유를 이미 알고 있는 것 같은데."

"네."

간야제?

그렇구나. 누나는 전화상으로 고전부에서 이 이름이 금기어라고 말했다. 어째서 금기어인지, 뒤늦게나마 나도 알 것 같았다.

"세키타니 준은 자진해서 영웅이 된 게 아니었군요. 그렇기 때문에 선생님은 간야제라고 안 하시는 거죠?"

"후쿠, 그게 무슨 말이야?"

사토시는 여느 때와 마찬가지로 미소를 짓고 있었으나, 사토시답지 않게 즐거움이 조금도 엿보이지 않는 미소였다.

"간야제의 '간야'는 말이지, 神山라고 표기하지 않아. 關谷• 라고 쓰거든. 얼마 전에 드디어 발견했지 뭐야. 분명히 영웅을 기려 그런 별명을 붙였을 테지만, 그게 기만이라는 걸 알고 있다면 그 이름을 쓰지 않겠지."

……그리고 지탄다가 물었다.

"선생님. 삼촌이 어째서 《빙과》라는 제목을 붙였는지 선

• **神山, 關谷** 각각 '가미야마'와 '세키타니'.

생님은 아시는지요?"

그러나 그 질문에 이토이가와 선생님은 느릿느릿 고개를 저었다.

"그건 퇴학을 예감한 세키타니 선배가 평소의 선배답지 않게 억지를 부려 정한 제목이야. 자기가 할 수 있는 일은 이 정도뿐이라면서. 그렇지만 미안하게도 그 의미는 나도 모르겠구나."

모르겠다고?

정말 모른다는 말인가? 이토이가와 선생님도, 지탄다도? 이바라, 사토시도?

나는 화를 내지 않는 성격이다. 화를 내면 지치니까. 그러나 지금 이 순간 노여움이 치밀었다. 세키타니 준의 메시지를 아무도 이해하지 못했다는 말인가. 이 시시껄렁한 메시지를, 이해해야 할 우리가 이해하지 못했다. 그것이 화가 났다.

나도 모르게 누구에게랄 것 없이 말했다.

"모르겠어? 방금 그 이야기를 어떻게 들은 거냐? 무슨 뜻인지 분명하잖냐. 시시한 농담이라고."

"호타로?"

"세키타니 준은 우리 같은 고전부의 후예들한테까지 자신의 심정이 전해지도록 한 거다. 문집 제목에 담아서 말이지.

지탄다, 너 영어 잘할 텐데?"

갑작스러운 지목에 지탄다는 쩔쩔맸다.

"네? 저, 영어라고요?"

"그래. 이건 암호야. 아니, 말장난이라고 해야 하나."

이토이가와 선생님을 보니 딱히 반응을 보이는 것 같지 않았다. 어쩌면 이미 그 의미를 알아차리고 있었는지 모르겠다는 생각이 들었다. 알아차려 마땅하다. 그런데도 우리에게 말하지 않는 이유는 무엇일까. 거기까지는 모르겠지만, 내가 선생님이었어도 그리 공언할 일은 아닐 수도 있겠다는 생각도 들었다. 아니면 이것도 고전부의 전통일까.

"오레키 씨, 알아내신 거예요?"

"세상에, 오레키, 너 진짜 어처구니없다. 정말 안 거야?"

"호타로, 가르쳐 줘."

이 녀석들에게 이런 식으로 추궁을 당하는 게 벌써 몇 번째일까. 나는 그때마다 한숨을 쉬면서 나 나름의 대답을 말했다. 그러나 이번만큼 영감이 내게 맨 먼저 찾아와 다행이라고 생각한 적은 없었다. 세키타니 준의 원통함과 장난기를 내 힘으로 이해할 수 있었으니까.

나는 물었다.

"빙과가 뭐냐?"

지탄다가 말했다.

"고전부 문집 제목이에요."

"일반 명사로 생각해 봐라."

사토시가 말했다.

"얼음과자지. 아이스바."

"아이스크림으로 생각해 봐라."

이바라가 말했다.

"아이스크림? 그게 메시지니?"

"음절을 끊어 봐라."

아아, 진짜. 왜 나는 늘 이런 역할인가. 그새 질문에 답하는 데 익숙해지지 않았나.

"아이스크림이면 의미가 없어. 그러니까 말장난이라고 했잖냐."

입을 다물고 있으려니 이윽고 사토시의 표정이 확 달라졌다. 파랗게 질렸다고 하면 과장된 표현이겠지만, 핏기가 살짝 가신 듯했다. 이어서 이바라가 아아, 알았다, 하고 혐오감 어린 얼굴로 중얼거렸다.

남은 사람은 지탄다인데, 무리일지 모른다. 지탄다는 공부를 전반적으로 잘하고 물론 영어도 잘한다고 들었다. 그러나 이런 종류의 응용은 도통 젬병이라는 것도 알고 있다. 그리고 나는 일부러 애태우며 즐기는 취미는 없다.

나는《빙과》제2호 서문의 사본 뒷장에 갖고 있던 볼펜으로 끼적였다.

"너희 삼촌이 남긴 말은 이거다."

그러고는 끙끙거리며 고민하는 지탄다에게 건넸다.

종이를 받아든 지탄다의 눈이 순간 커다랗게 벌어졌다. 아, 하고 중얼거리더니 말없이 그것을 바라보았다.

모든 사람의 시선이 지탄다에게 쏠렸다.

지탄다의 눈에 물기가 어렸다. 나는 그것을 보고 깨달았다. 지난 몇 달간 관여해 온 지탄다의 의뢰를 완수했다는 것을.

"……생각났어요."

지탄다는 중얼거렸다.

"생각났어요. 전 삼촌께 '빙과'가 뭐냐고 여쭤 봤어요. 그랬더니 삼촌은 제게, 그래요, 강해지라고 말씀하셨어요.

제가 만약 약하면 비명도 지르지 못할 날이 올 거라고. 그렇게 되면 전 산 채로……."

그 눈이 나를 향했다.

"오레키 씨, 생각났어요. 전 산 채로 죽는다는 게 무서워서 울었던 거예요. ……다행이에요, 이제 삼촌을 떠나보내 드릴 수 있겠네요……."

미소가 떠올랐다. 지탄다는 자신의 눈이 젖은 것을 방금 깨달은 것처럼 손등으로 눈꼬리를 훔쳤다. 그때 손에 들고 있던 메모가 내 쪽을 향했다. 거기에는 내 서툰 필기체로 이렇게 씌어 있었다.

I scream.

8

미래 있는 고전부의 나날

축제가 눈앞으로 닥쳤다. 지학 교실 창문으로 화창한 가을 하늘을 올려다보니 여름 방학중에 보낸 그 나날이 꽤나 오래전 일처럼 느껴졌다. 세키타니 준의 원통함을 뒤쫓아《빙과》의 참뜻을 안 그날, 우리의 문집 작성은 실질적으로 시작되었다.

그리고 아직 끝나지 않았다.

내가 몇 달 만에 누나에게 편지를 쓰는 곁에서는 수라장이 계속되고 있었다.

"후쿠, 아직 안 됐어? 인쇄소에 약속한 시간이 벌써 지났단 말이야!"

이바라가 비명을 지르듯 소리쳤다. 사토시가 맡은 원고가 완성되지 않았기 때문이다. 평소 초조함을 절대 내비치지 않는 사토시도 이쯤 되니 안절부절못했다.

"좀만 더, 좀만 더 쓰면 돼, 진짜로."

"벌써 일주일 전부터 그 소리잖아!"

문집 편찬의 총책임자는 부장인 지탄다지만, 페이지 수를 배분하고 인쇄소를 알아보는 등 실질적인 일은 그쪽 방면으로 경험이 있는 이바라가 담당했다. 이바라의 가차 없는 스케줄 진행 덕분에 《빙과》 제작은 실로 엄격하면서도 원활하게 이루어졌다고 말해 두자. 이바라의 원고는 아직 보지 못했지만, 고전 명작이라고 불리는 어느 만화에 대한 소감을 적은 모양이다. 절이니, 뮤니, 넘버스니 하던데 제비 점에 관한 만화일까.

한편, 이바라의 채찍질에도 불구하고 여태 완성되지 못한 사토시의 원고는, 본인의 말에 따르면 제논의 역설에 관한 조크라고 한다. 자기 마음껏 쓰고 싶은 대로 쓴 주제인데, 《빙과》의 과월호를 읽어 보니 고전부 문집은 좌우지간 안 되는 게 없는 모양이다. 사토시의 테마는 고전적 패러독스라는 명목으로 고전과 관계가 있는 만큼 그나마 나은 부류에 속하리라. 수예부 및 총무 위원회에서도 역할을 맡고 있다는 점을 고려해 꽤 적은 페이지 수가 할당됐을 텐데, 그런데도 저 고생을 하고 있다. 글쓰기에 약한 모양이다. 뜻밖의 약점을 잡았다.

미소가 굳어 버린 얼굴로 원고지에 글을 써 내려가는 사토시 뒤에서, 이바라는 서성이며 몇 번씩 손목시계에 눈길을 주었다. 그러더니 불현듯 생각난 것처럼 내게 물었다.

"그러고 보니 지이는? 비용 문제로 상의할 게 있는데."

사토시가 무슨 말을 하려다가 이바라가 노려보자 허둥지둥 원고로 돌아갔다. 하는 수 없이 편지 쓰기를 중단하고 가르쳐 주었다.

"지탄다는 성묘 갔다."

"성묘?"

"세키타니 준의 산소에. 원고를 어서 영전에 바치고 싶다더라."

원고란 우리가 삼십삼 년 전 사건을 어떻게 추적했는지를 정리한 것이다. 지탄다의 협력 아래 내가 썼다. 나는 불필요한 수사를 구사하는 취미는 없는 터라 지극히 무미건조하고 산문적인 글이 됐으나.

"그렇구나."

이바라는 기가 꺾인 것처럼 중얼거렸다.

"지이가 무슨 말 해?"

"아니, 아무 말 없었는데."

거짓말이 아니었다. 지탄다는 세키타니 준의 장례식 날도, 내가 원고를 넘겼을 때도, 그리고 그것을 무덤 앞에 바치러 가는 오늘조차 아무런 감정을 보이지 않았다. 어쩌면 숨겼는지도 모르지만, 내 생각에는 아닌 것 같다. 그때《빙과》의 의미를 풀이한 날, 지탄다의 사건은 해결된 것이다. 남은 문제는 그것을 어떻게 해석해 받아들이느냐 하는 것이다. 그것은 내가 관여할 일이 아니다.

"흠……. 후쿠, 손이 놀고 있잖아! 오 분 안에 완성해야 해!"

"오 분! 마야카, 그건 좀 잔인한데."

재개된 촌극을 무시하고 나는 생각했다. 하기야 그 사건은 지탄다만의 사건이 아니었다. 이바라에게도, 사토시에게도 뭔가 수수께끼를 던졌고, 해답을 주었을 게 틀림없다.

나 자신에게는?

……편지를 적당한 데서 끝맺고 책가방을 집어 들었다. 서늘한 가을 공기에 잠이 솔솔 온다. 벼랑 끝에 내몰린 사토시와 이바라에게는 미안하지만 슬슬 집에 가 볼까.

그렇게 생각한 순간.

문이 열리는가 싶더니 누가 지학 교실로 뛰어들었다. 어지간히 서둘러 왔는지 얼굴도 못 들고 숨넘어갈 듯한 그 사람은 우리 고전부 부장 지탄다였다. 갑작스러운 등장에 나도, 사토시와 이바라도 할 말을 잃었다. 가쁜 숨을 몰아쉬던 지탄다는 이윽고 고개를 홱 들었다.

"어, 지탄다, 성묘 갔다고 들었는데?"

사토시의 말에 고개를 끄덕했다.

"네. 그런데 몹시 신경 쓰이는 게 있어서 돌아왔어요."

신경 쓰인다고?

불길한 예감이 들었다. 아니, 예감이 아니다. 지금까지 쌓은 경험으로 이다음 전개를 예상할 수 있었다. 지탄다의 길고 검은 머리는 땀에 젖어 반드르르 윤기가 흐르고, 가볍게 상기된 볼은 분홍빛이었다. 눈은 형형하게 빛나는 것처럼 보일 정도로 생기에 차 있었다. 호기심이 폭발할 징조다.

"지이, 신경 쓰이다니, 뭐가?"

묻지 마라, 묻지 마. 나는 슬그머니 지탄다의 뒤로 돌아 지학 교실을 빠져나가려 했다.

그러나 아니나 다를까, 들키고 말았다. 이미 알고 있을 터였다. 아가씨 눈은 못 속인다. 팔을 붙들렸다. 지탄다가 나를 끌고 갔다.

"오레키 씨, 가요. 궁도장이에요. 아직 늦지 않았을 거예요."

"뭔데? 뭐가 어쨌다고?"

소용없다는 것을 알면서도 있는 힘껏 항의했다. 그러나 지탄다는 설명을 요청하는 것이라고 받아들였는지 고개를 흔들었다.

"말로 설명하는 것보다 직접 보시는 게 좋을 거예요."

틀렸다. 지탄다가 이런 상태가 되면 끝까지 거기에 맞춰주는 게 결과적으로 에너지를 절약하는 길이다. 사토시를 보니 웃고 있었다. 이바라는 어깨를 으쓱했다. 나는 체념하고 말했다.

"알았어, 간다, 가. 그러니까 여느 때의 그게 또 뜬 거지?"

지탄다는 멈춰 서서 나를 돌아보았다. 그러고는 큰 눈으로 똑바로 보더니 입 언저리를 살짝 누그러뜨렸다.

"네, 그래요. ……저, 신경 쓰여요."

9

사라예보로 보낸 편지

오레키 도모에에게

전략

누나한테 물어보고 싶은 게 있어서 편지 쓴다. 아직 저번 호텔에 있을 거라고 믿으면서.

누나는 고전부에 관해 얼마나 알고 있었어?

무슨 생각으로 나더러 고전부에 들어가라고 한 거지?

누나라면 내가 어떤 스타일을 선호하는지 알 테지. 하지만 난 고등학교에 입학한 이래로 사토시며 또 누나가 모르는 다른 녀석들한테 둘러싸여 내 방식하고는 다른 그 녀석들 스타일을 보면서 영 마음이 불편했어. 그건 고전부에 들어가지 않았다면 맛보지 않아도 됐을 느낌이었다고 생각해. 무소속을 끝까지 고집했더라면 난 내 좌우명에 의문을 갖는 일이 없었을 테지.

누나는 그게 날 뒤흔들어 놓을 걸 예상했던 건가?

그리고 《빙과》.

난 누나가 바라나시에서 쓴 편지에서 시킨 대로 고전부에 들어가, 이스탄불에서 쓴 편지에서 시킨 대로 생물 자료실 금고를 열었어. 하지만 그건 그것만으로 끝나지 않았어. 금고를 연 것 때문에 난 삼십삼 년 전 세키타니 준의 사건을 추적해야 했어.

세키타니 준 사건은 요컨대 삼십삼 년 전 학생들의 활기 넘치고 활동적인 스타일이 도를 지나치면서 야기된 결과지. 그런 스타일이 《빙과》라는 제목을 낳았다면 장밋빛도 생각하고 볼 일이야. 실제로 그 사건을 안 이래로 마음이 불편한 일이 없어졌어. 내 스타일이 좋다고 생각하지는 않지만, 상대적으로 나쁘지는 않다고, 지금은 그렇게 생각하고 있어.

누나는 내가

아무리.

질 나쁜 농담이야. 그건 완전히 정신 조작이잖아. 아무리 그래도 그런 일은 있을 수 없지.

신경 쓰지 마. 앞에서 쓴 말은 전부 근황 보고라고 생각해줘. 다시 쓰기는 귀찮으니까.

여행 잘하고.

충고 고마워.

이만 총총.

오레키 호타로

작가 후기

처음 뵙겠습니다. 요네자와 호노부입니다.

이 소설은 60퍼센트 정도는 순수한 창작이지만 나머지는 사실史實을 기반으로 합니다. 지방판 신문에도 실리지 않았던 작은 사건이 이 이야기의 저류에 존재합니다.

참고로 창작과 사실을 분간하는 비결은 이렇습니다. 명백히 있을 법해 보이는 부분이 창작, 아무리 봐도 억지스러운 부분이 사실이라고 생각하시면 대개 맞을 겁니다. 그러나 이 소설이 사실을 기반으로 한다는 정보가 명백히 있을 법한 일이라고 생각하시는 분들께는 어떻게 설명드리면 좋을까요.

현재로서는 좋은 아이디어가 떠오르지 않습니다.

또한 사건을 소설로 꾸며 낼 때 디플레 악순환의 구도에서 중요한 착상을 얻었습니다. 동시에 NHK 교육 방송에서 방영한 〈사브리나〉에서 많은 도움을 받았음을 밝혀 둡니다.

이 책이 빛을 보기까지 많은 분들께서 도와주셨습니다. 특히 막판에 대단히 중요한 것을 시사해 준 야마구치 씨, 나카이 군. 이 소설을 좋아한다고, 또 재미있다고 말해 준 사이토 씨. 늘 저를 기다려 준 다다 씨. 독선적인 지론의 전개를 싫증내지 않고 상대해 준 아키야마 군.

그들에게 다시금 감사드립니다. 고맙습니다. 이제 곧 방어가 맛있을 철입니다. 찾아와 주시면 기꺼이 대접하겠습니다.

그리고.

이 소설에 기회를 주신 심사위원 여러분. 담당 편집자 S씨. 그리고 일러스트를 맡아 주신 우에스기 씨(초판 간행 시), 관계자 여러분.

『빙과』가 이렇게 물리적으로 책이 될 수 있었던 것은 여러분 덕택입니다. 깊은 감사 말씀 드립니다.

얼마 전 친구와 초밥을 먹으러 나갔습니다. 가격에 상응하는 맛을 즐기고 그럼 이제 그만 집에 가 볼까 하고 차에 탄 것까지는 좋았는데, 왜 그런지 운전을 맡은 친구가 출발할 생각을 도통 않는 것입니다.

식사 때였던지라 주차장에 차가 잇따라 들어왔습니다. 저희는 분명히 말해서 민폐를 끼치고 있었습니다. 그런데 제가 아무리 얼른 떠나자고 재촉해도 친구는 말없이 모호한 웃음을 띤 채 출발하려 하지 않았습니다.

친구는 결코 장난을 좋아하는 사람이 아닙니다. 오히려 진지하고 신중한 성격인데, 그날따라 대체 어떻게 된 걸까요.

사건의 진상은 훗날 발표하겠습니다. 모쪼록 훗날이 있기를.

앞으로도 잘 부탁드립니다.

요네자와 호노부

해설

장밋빛 추억은 시간의 조카

사람의 기억이란 참으로 이상해서, 지난날들을 돌이켜 보면 매번 다양한 빛깔로 보인다. 어떤 날에는 푸릇한 초록빛 같기도 하고, 다른 날에는 어두컴컴한 검은색 같기도 하고. 나 자신의 고교 시절을 돌이켜 봐도 분명히 알 수가 없다. 즐거웠었나? 괴로웠었나? 생각이 없었나? 딱 잘라 말하기 어려운 시절은 이런 기억으로 남아 있다. 무미건조한 고교생이었던 나는 독서 외에 별다른 취미도 없는지라 문예반에 가입했었다. 단발머리 날리면서 시집 읽는 문학소녀였으면 좋았겠지만, 딱히 서정 넘치는 추억도 없었고, 축제 때 하는 문학의 밤이나 시화전 준비를 하면서 선배들에게 매섭게 혼난 일만 되레 선명하다. 부실로 쓰던 작은 방은 생물실 위, 국악실 옆이었는데 사람이 아무도 없을 때도 사방에서 삐걱거리는 소리가 들려와 무서웠다. 이런 기억의 색깔은 무엇일까? 그에 더해 시간은 스마트폰의 카메라 어플리케이션처럼 다양한 효과를 갖추었다. 똑같은 나날이 기억의 작용과 시간의 필터 때문에 햇빛 받은 오후의 빈티지 사진처럼 떠오르기도 했다가 명암 대비가 날카로운 음산한 분위기의 장면으로 보이기도 하는 것이다.

요네자와 호노부의 '고전부' 시리즈 제1권 『빙과』는 다양한 모습의 고등학교 시절을 비추는 학원 추리 소설이다. 『빙과』의 첫머리는 이렇게 시작된다. 고교 생활과 장밋빛은 동의어처럼 나란히 놓이지만, 무슨 활동이 되었든 시들한 잿빛 고교 생활도 있다고. 하기는 같은 콩깍지 속에 있어도 콩 모양이 다 다르듯이, 똑같이 고등학교에 다녀도 사람마다 다 다른 삶을 산다. 『빙과』의 주인공 오레키 호타로는 '장밋빛' 같은 간지러운 단어와 거리가 먼 '에너지 절약주의자' 쪽이다. 그의 좌우명 '안 해도 되는 일은 안 한다. 해야 하는 일은 간략하게'가 명확하게 보여 주듯이 괜한 일에 끼어들고 싶지 않아 하고 복잡한 사정을 알려고 들지도 않는다. 하지만 이런 오레키조차도 에너지를 쓸 수밖에 없는 사건들이 계속 터지는 것이 고교 생활의 속성이다. 무엇보다도 수수께끼를 가만히 두고 보지 못하는 본능과 자료를 취합하여 합리적 결론을 내는 추론력 때문에 오레키는 사건에 계속 휘말리게 된다.

'고전부' 시리즈, 그중에서도 『빙과』는 처음 보기에는 전형적인 학원 미스터리 계열에 속하는 평범한 작품처럼 보인다. 탐정 격인 소년, 의뢰인이 되는 소녀, 거기에 수사를 돕는 두 명의 친구가 더해져서 구색이 맞는 한 팀을 이룬다는 설정도 새롭지는 않다. 하지만 이렇게 간단해 보이는 학원물에는 작가의 추리 소설에 대한 애정과 영리한 변용이 들어 있다. 추리 소설 팬이 지닌 열정을 명확하게 보이는 작가는 2001년이 『빙과』를 첫 소설로서 발표한다. '고전부' 시리즈의 2탄 『바보의 엔드 크레디트』에 '셜록 홈스가 미스터리 초보가 읽는 책이라는 건 어떤 면에서 사실'(143쪽)이라는 대사가 나오듯이, 이 데뷔작에도 셜로키언적인 설정이 여럿 엿보인다. 작가 본인이 잡지에 실린 작품 해설에서 밝힌 것처럼•, 오레키의 소거법을 이용한 날카로운 논리적 지성은 셜록 홈스를 닮았다. 다만 홈스만큼 자기 능력에 강한 자신이 없고, 여러 문

• 무라카미 다카시 「저자에게 듣는 작품 해설 part1 '고전부' 시리즈 전 4권」, 『야성 시대』 제56호, 가도카와쇼텐, 2008년, 26-27줄, 일본어 위키백과 (http://ja.wikipedia.org/wiki/ '고전부' 시리즈)에서 재인용.

제를 앞서서 해결하고자 하는 의욕이 없을 뿐이다. 하지만 무심한 오레키를 자극하는 사람은 양갓집 아가씨의 순진함을 풀풀 풍기는 지탄다 에루이다. 홈스의 베이커가 221b를 찾아오는 고객처럼 지탄다는 고전부가 있는 지학 교실에 나타나 오레키에게 사건을 떠맡긴다. "저, 신경 쓰여요"라는 말 한마디로 오레키를 흔든다. "데이터베이스는 결론을 내릴 수 없다"는 말을 버릇처럼 달고 다니는 후쿠베 사토시는 사건 관련 정보를 기억하고 직관에 따라 분위기를 감지하는 왓슨형 조언자이다. 호탕한 성격에 직접 증거를 수집해 오는 도서위원 이바라 마야카는 홈스 수사물에 등장하는 레스트레이드 경감형 인물이다.

이처럼 다른 개성이 조합을 이룬 4인조가 처음으로 해결해야 할 거대 미스터리는 33년 전 고전부의 부장이자 지탄다의 삼촌인 세키타니가 한 말의 수수께끼와 고전부 문집의 제목 《빙과》의 유래이다. 즉, 고전부가 맞닥뜨린 첫 사건은 어떤 문헌에 얽힌 비밀을 푸는 일종의 비블리오 미스터리라고 할 수 있다.

편리하게도 『고전부』 시리즈에는 영어 제목이 붙어 있어서 작품을 이해할 수 있도록 도와준다. 『빙과』가 2001년에 카도카와 스니커 미스터리 클럽으로 발표되었을 때의 영어제목은

『빙과』의 영어 발음인 『Hyouka』였다. 이 제목은 후에 『You can't escape(너는 빠져나갈 수 없어)』로 바뀌었다가 2012년 3월에 28판이 나오면서 『The Niece of Time(시간의 조카딸)』으로 정해진다. 눈치 빠른 추리 소설 팬이면 이미 알겠지만, 조세핀 테이의 1951년 작 『시간의 딸(The Daughter of Time)』을 패러디한 제목이다. 그런데 『시간의 딸』 또한 오로지 텍스트에 의존해서 과거의 사실을 밝히는 비블리오 미스터리이다. 다리를 다쳐서 병원에 입원하게 된 영국 경찰청 경감, 앨런 그랜트는 심심한 나머지 500년 전 리처드 3세가 두 조카를 런던 탑에 가두어 죽였다는 역사적 기록을 다시 재검토한다.

리처드 3세는 사람들에게 알려진 것만큼 포악무도한 괴물이었을까? 그랜트 경감은 책에 등장하는 논증을 비교하며 오래전 진실을 찾아 나선다. 『빙과』의 구조도 이와 비슷하다. 현재에 일어나는 사건을 추적하는 게 아니라 과거에 어떤 일이 있었는지를 글 속에서 보고 추론해 낸다. 지탄다의 삼촌은 어떤 영웅적 전설의 주인공이었을까? 그 이야기를 듣고 지탄다는 왜 울었을까? 사건의 진실은 《빙과》 2호의 서문, 『가미야마 고등학교 오십 년의 발자취』의 요약 등 텍스트의 세계 속에서 모습을 드러낸다.

『빙과』의 플롯에 사용된 다른 고전 추리 소설은 앤서니 버클리 콕스의 『독 초콜릿 사건』이다. 열린 결말의 미스터리, 황금시대 추리 소설의 형식을 실험했다고 널리 알려진 『독 초콜릿 사건』은 원래 짧은 단편이었으나 후에 장편으로 개작하면서 독특한 구조를 선보였다. 1920년대의 런던, 아내와 이혼하고 싶어 하는 유스터드 펜파더 경은 우편으로 초콜릿 한 상자를 받는다. 그는 그 초콜릿 상자가 마음에 들지 않아 클럽의 동료인 그레이엄 벤딕스에게 준다. 벤딕스는 아내 조앤과 연극을 보러 갔다가 범인 맞히기 내기에 져서 초콜릿을 줘야 하는 상황. 집으로 돌아온 그는 조앤에게 초콜릿을 건넨다. 결국, 초콜릿을 많이 먹은 조앤은 사망하고, 맛만 본 벤딕스는 심각한 중독 증세를 일으켜 병원에 실려 간다. 런던 경찰청도 포기한 이 사건에 대해 여섯 명의 추리 클럽 회원들은 각각의 가설을 내놓는다. 어떤 회원은 귀납적인 추론을 보여 주고, 다른 이는 직관적인 해결법을 제시한다. 또, 연역적 가설이나 심리적 분석을 내놓은 사람들도 있다. 이에 따라 여러 범인이 제시되고 다른 사람의 논증에 따라 가설은 하나하나 기각된다. 결국 마지막에는 놀랄 만한 결론으로 넘어가며 범인의 정체가 드러나는 게 『독 초콜릿 사건』의 구성이다. 『빙과』에 등장하는 고전부원들은 이 과정을 그대로 따른다. 주어진 자료는 비슷하지만, 고전부원들은 각자 자신만의 방법으로 정보를 모으고 취합해서 가설을 제시한다. 하지만 한 부원의 가설은 다른 사람의 추론에 따라 기각되고, 마침내 오레키 호타로는 이 모든 가설을 모아 결론을 냈다가 다시 자기 이론을 반박하여 사건의 진실을 밝혀낸다. 고전부 회원들의 『독 초콜릿 사건』 식의 안락의자 탐정 추리 방식은 『빙과』에서 보였다가 시리즈의 제2편 『바보의 엔드 크레디트』에서 더욱 구조적으로 발전하게 된다. 또한, 제4편 『멀리 돌아가는 히나 인형(가제)』에서도 내용은 좀 다르지만 「수제 초콜릿 사건」이라는 제목의 단편이 등장하는 것으로 보아 앤서니 버클리 콕스가 이 시리즈 전반에 영향을 끼쳤음을 짐작할 수 있다.

요네자와 호노부의 집필 역사에서 '고전부' 시리즈는 첫 소설이었지만 지금도 진행되는 프로젝트에 가깝다. 고전부 시리즈는 작품 발표 간격이 넓은 편인데, 2001년 『빙과』, 2002년 『바보의 엔드 크레디트』, 2005년 『쿠드랴프카의 순서(가제)』, 2007년 『멀리 돌아가는 히나 인형(가제)』, 2010년 『두 사람의 거리 추정(가제)』이 출간되었다. 작가가 이전 블로그의 Q&A에서 "권수는 정하지 않았으나 오레키 호타로가 고교를 졸업할 때까지는 시리즈를 계속할 생각"이라고 말한 적도 있으니, 앞으로 더 많은 작품이 더 많이 나오리라 예상할 수 있다. 또, '고전부' 시리즈는 작가의 다른 고교생 미스터리 라이트노벨인 '소시민' 시리즈와도 연결된다. '소시민' 시리즈는 다른 표현으로는 '기간 한정 스위츠' 시리즈라고도 할 수 있는데, 현재 3권까지 나온(한국에는 『봄철 딸기 타르트 사건』(2004)과 『여름철 트로피컬 파르페 사건』(2006) 총 2권이 출간되었으며, 아직 국내 출간되지 않은 다른 한편은 『가을철 밤 금단金団 사건』(2009)이다.) 각 권의 제목이 계절별 기간 한정 디저트의 이름을 따서 지어졌기 때문이다. 추리를 좋아하지만 눈에 띄고 싶지 않은 고바토 조고로와 사소한 일이라도 억울한 일을 당하면 복수하고 싶은 본능을 억누르려고 노력하는 오사나이 유키가 고교에서는 소시민으로 위장하고 살아가려는 모습은 에너지 절약주의자 오레키 호타로와 유사하다. 이처럼 '고전부' 시리즈가 작가의 작품 세계 전반에 미친 영향이 참으로 지대하다고 할 수 있다. 또한, 고전부 시리즈는 2012년 『빙과』라는 제목으로 텔레비전 애니메이션과 만화로 제작되어 선풍적인 인기를 끌기도 했다. 애니메이션 속 마을의 모델이자 작가의 고향이기도 한 다카야마 시의 경제가 애니메이션 방영 이후에 살아났을 정도라고 한다. 『빙과』는 이렇게 방대한 미디어의 경계를 넘어

널리 뻗어 가는 요네자와 문학의 시발점이 된 작고도 귀여운 소설이다.

이 작품은 작가의 시작이라는 외적 의미에서, 많은 이가 거쳐왔을 고교 시절과 오래전의 사건을 추적한다는 내용적 의미에서 과거에 관한 소설로 보이기도 한다. 옛날 작품들을 탐구한다는 의미의 '고전부'나 이 안에서 사용된 여러 작품이 추리소설 역사의 황금기 시대에 쓰인 고전 추리물임을 보면 역시 이 소설이 과거에 대한 존경과 향수에 기초를 두고 있음을 알 수 있다. 하지만 『빙과』는 아직 끝나지 않고 계속되고 있으며, 과거의 사건은 현재에 다시 의미를 가진다는 의미에서는 여전히 현재형이고, 또한 미래형이다. 영어 제목 『The Niece of Time』으로 되돌아가 보면, 시간을 뛰어넘는 작품의 의미가 선명해진다. 『The Daughter of Time』이라는 조세핀 테이의 제목은 프랜시스 베이컨이 했다는 말•, "진실은 권위가 아니라 시간의 딸"에서 나왔다. 진실은 법원이나 권위 있는 기관이 결정하는 것이 아니라, 오랜 시간이 흐르면서 그 모습을 드러낸다는 뜻이다. 『빙과』에서도 마찬가

• 조세핀 테이는 책의 에피그라프에서 프랜시스 베이컨이 이 말을 했다고 적었지만, 베이컨이 이 말을 언급한 출처는 확실하지 않다. 베르톨트 브레히트의 희곡 『갈릴 레오』에서도 언급되는 표현이다.

지, 한 사람의 잃어버린 고교 생활에 대한 진실이 33년 후에야 그 조카딸의 노력으로 드디어 밝혀진다. 《빙과》의 의미와 함께.

시간이 낳는 것은 다만 진실뿐만이 아니다. 비명을 지르고 싶었던 억압적인 시대의 고교 시절이 시간이 흐르면서 더 자유로워졌다. 무미건조한 학창시절도 괜찮다고 생각하던 소년은 친구들을 만나면서 고교 시절이 좀 더 장밋빛이 되어도 좋지 않을까 생각하며 한층 성장한다. 지금 이 시절을 십 년 뒤에도 후회하지 않을 시간으로 만들려고 조금 더 노력하게 된다. 시간은 회색 토양에서 장미를 피우고, 추억을 만든다. 우리의 고교 시절의 장면들이 아름다워진다. 그러니까 추억조차도 사실은 과거의 것이 아니다. 현재의 시간이 매일 새롭게 만드니까. 고전부원들이 『빙과』에서 찾아낸 진짜 진실은 그러한 깨달음이 아닐까.

2013년 여름,

박현주(작가, 번역가, 장르 소설 서평가)

권영주

서울대 외교학과를 졸업하고 대학원에서 영문학을 전공했다. 옮긴 책으로는 헬렌 매클로이의 『어두운 거울 속에』, 요네자와 호노부의 『빙과』와 『개는 어디에』를 비롯하여 『삼월은 붉은 구렁을』부터 『달의 뒷면』까지 온다 리쿠의 작품 다수와, 미쓰다 신조의 『잘린 머리처럼 불길한 것』 등이 있다.

빙과 - 고전부 시리즈 1

1판 1쇄 2013년 11월 15일
1판 27쇄 2024년 5월 15일

지은이 요네자와 호노부
옮긴이 권영주

책임편집 지혜림 | **편집** 임지호 이현
아트디렉팅 이혜경 | **본문** 강혜림 문성미 | **표지그림** 빨간고래
저작권 박지영 형소진 최은진 서연주 오서영
마케팅 정민호 서지화 한민아 이민경 안남영 왕지경 정경주 김수인 김혜원 김하연 김예진
브랜딩 함유지 함근아 고보미 박민재 김희숙 박다솔 조다현 정승민 배진성
제작 강신은 김동욱 이순호 | **제작처** 더블비(인쇄) 경일제책사(제본)
독자모니터 엄정현 윤현진

펴낸곳 (주)문학동네 | **펴낸이** 김소영
출판등록 1993년 10월 22일 제2003-000045호

주소 10881 경기도 파주시 회동길 210
문의 031-955-8892(편집) 031-955-2696(마케팅) 031-955-8855(팩스)
전자우편 elixir@munhak.com | **홈페이지** www.elmys.co.kr
인스타그램 @elixir_mystery | **X(트위터)** @elixir_mystery

ISBN 978-89-546-2261-5 03830
978-89-546-2263-9(SET)

엘릭시르는 출판그룹 문학동네의 장르문학 브랜드입니다.